Adiós, muchachas

J.J. Bueso

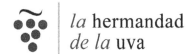

la hermandad
de la uva

ADIÓS, MUCHACHAS/ J.J. Bueso

© **J.J. Bueso, 2021**
   Correo Electrónico: jjmejiabueso@gmail.com

© Sobre la presente edición:
   Editorial La Hermandad de la Uva, 2021
   http:/www.facebook.com/hermanauva

Ilustración de la Portada:

Gago ilustra
https://instagram.com/gagoilustra?utm_medium=copy_link

Primera edición
ISBN: **9798533005678**

Para mis padres, José Víctor Mejía y Silvia Argentina Bueso.
"No atraveséis aún la frontera infinita".

INTRODUCCIÓN

Acerca de estos cuentos

La verdad no tenía planeado escribir acerca de estos cuentos por el asunto ese de "la muerte del autor" que plantea la crítica contemporánea. También porque soy de los que se saltan los prólogos o cualquier material previo y los dejan para el final, si es que el libro lo amerita. Si algunos de ustedes comparten este mismo espíritu, pueden sin pena hacerme el honor de pasar a leerlos de inmediato. Sin embargo, un buen amigo me sugirió que escribiera algo para "futuros estudios literarios" y para darle "más lomo" al libro y supongo que tiene razón. No está equivocado con respecto a los estudios literarios o más bien a la falta de estudios literarios en Honduras, con las ya conocidas excepciones.

Este conjunto de cuentos pertenece y tiene las características propias de la nueva narrativa de la costa norte del país. Ya sé que en mi biografía dice que nací en Ocotepeque; sin embargo, desde los dieciocho años tengo una relación de amor y odio con San Pedro Sula, la capital industrial de Honduras. Mi formación literaria se consolidó al entrar en contacto con los autores de la zona norte y también por el hecho de que estudié Letras en la Universidad Nacional Autónoma de Honduras en el Valle de Sula

(UNAH-VS). Si ustedes han leído la literatura de Mario Gallardo, de Dennis Arita, de Jorge Martínez, de Giovanni Rodríguez, de Gustavo Campos y de Darío Cálix, encontrarán que estos textos de alguna forma encajan en el imaginario colectivo de esa "urbe" hondureña contemporánea. Si los autores citados fueran constructores, pues yo sería como ese albañil que anduvo de parranda por la ciudad, pero sin dejar de observar las construcciones literarias de mis compas con cierta atención. Para más información al respecto pueden leer la muestra de narrativa *Entre el parnaso y la maison* (2011) y la colección *Doce cuentos negros y violentos* (2020).

La mayoría de estos cuentos tienen en común el desarrollarse en una ciudad llamada San Violencia. Nombre que nace de la mala fama que tiene San Pedro Sula, catalogada en su momento como la ciudad más violenta del mundo. Así que fácilmente ustedes podrían pensar que también el tema de la violencia es central en ellos. No es así, pero difícilmente me iba a escapar del tema, ya que la violencia forma parte de nuestra vida en la costa norte. He sido asaltado, he sido gaseado en protestas, he visto muertes violentas trabajando como periodista y como ciudadano común, he estado en peleas de bares de mala muerte, etcétera. Considero que el ambiente de la costa norte contribuye poco a la creación literaria, pero mucho a la enajenación. Que surjan autores en ambientes tan hostiles es milagroso en varios sentidos y que se pierdan algunos en el proceso es casi inevitable.

No me merezco un premio ni quiero victimizarme con lo dicho anteriormente. Sé que esta carta la tenemos disponible todos los autores del país y la considero una jugada de última hora. Puede servirnos para pedir asilo en el extranjero y varios lo han logrado. Lo digo porque en la costa norte autores jóvenes como Gustavo Campos perdieron la batalla. Mi cuento *Nadie olvida nunca a una chica Almodóvar* podría verse como un testimonio de ese ambiente opresivo y maligno. En la literatura costeña lo percibí por vez primera en el cuento *Las virtudes de Onán* de Mario Gallardo y se puede encontrar en todos los autores citados anteriormente; también en cuentos de otros escritores como Armando García o Julio Escoto y varios más. En mi tesis de postgrado los he bautizado como los *sanviolencianos* porque la temática de la violencia ha persistido de generación en generación.

La mayoría de estos cuentos también se relacionan por medio de sus personajes. No les será difícil encontrar que algunos personajes menores de algunos cuentos se vuelven los protagonistas en otros. Del mismo modo hay referencias a cuentos o personajes de otros autores *sanviolencianos*, lo cual tampoco es nuevo. Encontramos referencias cruzadas entre textos de Giovanni Rodríguez, Gustavo Campos, Jorge Martínez, Mario Gallardo y en Darío Cálix. Yo solo vengo a continuar con el juego propuesto por este grupo de autores. Mi intención es más de homenaje que de discordia, ya que los he venido leyendo y estudiando desde hace más de una década.

Quiero también pensar que estos cuentos son una reflexión sobre la juventud. Al ser la mayoría de corte realista, ustedes no dejarán de sospechar que hay poco o mucho de autobiografía en ellos. Lo niego rotundamente porque es lo que corresponde al caso. Sin embargo, tratan temas como las relaciones interpersonales, el abandono, la locura, los vicios, entre otros. Estos temas son propios de los "terribles veintes". Así que el hecho de que sean publicados cuando acabo de cumplir 33 años me sirve como catarsis porque debo admitir que algunos nacieron de momentos de absoluto dolor emocional. Mi preocupación en algún momento fue que la mayoría tenían finales pesimistas, pero el mismo proceso de escritura me fue ayudando a encontrar nuevas perspectivas y algunos consuelos. Al final, una parte de ellos me abrió puertas a la esperanza y les cerró el paso a la enajenación, al nihilismo y al sinsentido en los momentos en que más lo necesitaba.

Decidí llamarlo *Adiós, muchachas* por lo mencionado en el párrafo anterior. También porque mis estudios de posgrado los hice en la Universidad Nacional Autónoma de Nicaragua y conocí un poco más de la cultura literaria de ese bonito país. Estudié en León, la ciudad de Rubén Darío y el escenario de la novela *Castigo divino* de Sergio Ramírez, quien tiene un libro autobiográfico titulado *Adiós muchachos*. Respecto a ese tango de Gardel, es mi manera de decir que le digo adiós a mi juventud. También es un guiño al libro de cuentos *El último tango en San Pedro* (2015) de Darío Cálix. Con este libro quiero unirme a los *sanviolencianos*, esperando que mis 33 años sean más sensatos, más productivos y, por qué no, más felices. Espero que disfruten estos cuentos o al menos se entretengan leyéndolos. No pienso decirles más. Eso se lo dejo a la gente que hará futuros estudios literarios o que continuarán con sus vidas sin que nadie les reclame que no han escrito nada sobre la literatura de la costa norte de un país del tercer mundo. Aunque es probable que al darle vuelta a esta página encuentren ustedes un prólogo escrito quizá por una celebridad de la literatura nacional. Si me he ganado tal privilegio, espero que como lectores ejerciten la libertad de leerlo de una vez o, si lo amerita, dejarlo para el final.

J. J. Bueso

Ocotepeque, jueves (santo) 1 de abril de 2021

xii

PRÓLOGO

Juan José Bueso: su primer aporte a la narrativa hondureña

Helen Umaña

Juan José Bueso nació en Ocotepeque, Ocotepeque (1988) y, según confiesa en la nota incluida en *Adiós, muchachas*, los años que vivió en la ciudad de San Pedro Sula fueron decisivos en el inicio de su carrera literaria. Tanto por los estudios académicos realizados en la Universidad Nacional Autónoma de Honduras en el Valle de Sula (UNAH-VS), como por el enriquecedor contacto con el rebelde e iconoclasta desarrollo que ha tenido la narrativa en la zona norte del país, sobre todo en las dos primeras décadas del siglo XXI.[1]

   A ese ambiente —tan proclive al desprejuicio— se agrega un ingrediente derivado de asimiladas lecturas de una literatura y de un arte descarnados, enemigos de cualquier idealización que, en buena parte del siglo anterior, se produjo en metrópolis culturales de prestigio. Pistas sobre esas simpatías se consignan en las páginas de cuentos y novelas escritas en Honduras, especialmente en la producción que corresponde al nuevo milenio. El remezón narrativo lo dio

xiii

Mario Gallardo (La Lima, 1962) con los desprejuiciados y bien planteados relatos de *Las Virtudes de Onán* (2006).

En la obra de esos narradores hay varias notas en común. A nivel del espacio o ámbito en donde ocurren los acontecimientos, en ellos nunca falta el acompañamiento de música o versos de canciones, especialmente en inglés, que suelen acompañar momentos de convivencia amorosa o de relax compartido alrededor de la mesa de un bar cualquiera. Otra forma de sugerir cierta relación conceptual con el tema tratado consiste en la alusión a películas de culto o de particular impacto o trascendencia. En el campo de las ideas y gustos hay afán por mostrar una contemporaneidad que trasciende las fronteras aludiendo a obras o hechos recientes que lograron cierta notoriedad internacional. Las preferencias literarias y artísticas y la suma de esos distintos elementos, indudablemente, aportaron una perspectiva realista al escribir que no teme formular el pensamiento al margen de eufemismos o de idealismos consoladores.

Mecanismo esencial de ese enfoque se advierte en los matices con los cuales se impregna el lenguaje. Expresiones impensadas en la narrativa de buena parte del siglo XX en Honduras adquirieron carta de naturaleza en la de los últimos decenios de actividad narrativa. «—No estarás confundiéndome con tu ex, ¿verdad? A mí no me excita especialmente la idea de que a mi mujer se la quieran coger un montón de cabrones», es el comentario de un joven a la compañera que difundió atrevida fotografía en una de las redes sociales.

El oscuro y sugestivo ambiente en bares de San Violencia —nombre dado a San Pedro Sula— capta retazos en las vidas de habituales o esporádicos parroquianos… «Un tatuador barbón que habla de mujeres tatuadas. De mujeres tatuadas en su camilla, que luego pasan a su cama»; «el vocalista con marcados rasgos precolombinos de una malísima banda de *heavy metal*, al que la melena larga no le queda muy bien». «En otra mesa está el pintor bobo, pero de moda (imitación barata de Basquiat), con su novia también boba». Los meseros cholomeños que calculan el grado de ebriedad del cliente como «para no poder hacer bien las cuentas». En el fondo del bar la chica sentada «bebiendo sola en la semioscuridad». «Los tambores africanos desfallecen y un par de miradas se cruzan por primera vez». Constante, la descripción de las relaciones afectivas de libérrima y fuerte actividad sexual. Así, con el consentimiento del novio, la joven sostiene relaciones con varios hombres. El romanticismo o las relaciones de absoluta dedicación a otro son situaciones excepcionales que se omiten o desconocen. En «A ti y a 196 sujetos les gusta esto», el protagonista, inclusive abandona a una mujer a la que se siente muy unido: «La razón era esa muchacha que creía necesario reafirmar constantemente lo de *espíritu libre* de la única manera que conocía: desnudándose *artísticamente* en las redes sociales», se lee en el cuento.

Importante es, también, la necesidad de mostrar un estar al día con las modalidades técnicas de la comunicación digital: el androide o robot al cual se le pide que limpie la casa «al modo silencioso». La fotografía de la joven luciendo su cuerpo en ropa interior y que a los dos minutos de «posteada», alcanza 199 anhelados «me gusta». Así, otro de los narradores del cuento, percibe a Andrea «como una especie de sistema operativo parecido al de la película *Her*». Además escuchó «en el *smartphone* barato que había comprado hace poco más de un año, el sonido que indicaba una nueva notificación de Facebook de alguno de sus mejores amigos. Abandonó su lectura de Raymond Carver y revisó la notificación. «*"Andrea ha actualizado su estado"*» y decidió leer el «post» más tarde, etc., según se apunta.

Inclusive, el nombre del cuento calca el vocabulario estandarizado en las redes sociales: «A ti y a 196 sujetos les gusta esto» en el cual leemos: «las fotos en las que me etiquetaste hace algunos días, las del Rock House Festival. […] Una canción de la época titulada *Devil Woman,* del género country, llegó a su mente. […] Se cosecha lo que se siembra, reflexionó, acordándose de la canción de Lou Reed». En el cuento «Adiós, muchacha» se apunta: «Ubbikk prepara un especial de la abuela. ¿Quieres que te configuren la Interzona Básica para que puedas verlo? —pregunta su nieto desde la anticuada videopantalla que conserva en su sala». La incorporación del lenguaje usual en las redes sociales es profusa. Las pláticas sugieren que, con el correr del tiempo, el surgimiento de un nuevo modo de percibir la realidad que, aunque pasa inadvertido, está condicionado, en buena medida, por la fuerza que entrañan los hábitos lingüísticos y comunicacionales, tan distintos al de las generaciones anteriores.[2] Se habla de toda una generación acostumbrada a pensar solo en imágenes que desconfía de la palabra: «un cerebro Videns como todos los de su generación: piensa en imágenes, aprende en imágenes y se relaciona con los demás por medio de imágenes. Fue programado y conectado a la Interzona desde su nacimiento. [...] Odia comunicarse a través de su aparato fonador por mucho tiempo», se anota en el cuento «Adiós, muchachas».

Los personajes caracterizados por Bueso, pese a su juventud, gozan de una libertad que probablemente sus padres desconocieron. Sin embargo, carecen de una percepción optimista de la vida. Parecen llevar sobre sus hombros una carga demasiado pesada. Tienen relaciones afectivas y sexuales, pero están faltos de un sentido de realización que los acerque a un estado de felicidad o, por lo menos, de satisfacción consigo mismos. Con una que otra excepción, hay un vacío existencial que hace pensar en una vida al garete: sin objetivos concretos que impliquen una lucha por conseguir determinadas metas. Falta la percepción de una existencia más abierta, más de brazos tendidos hacia el mundo: «Las fotos en ropa interior eran el reflejo de la paradójica soledad a la que muchos debían enfrentarse en los tiempos modernos. Todos creían establecer una conexión con ella para luego descubrir que estaba irremediablemente lejana, a lo mejor enamorándose de otro desconocido más interesante. [...] cada *me gusta* representaba un sujeto desesperado tratando de fecundarla, nadando en la imposibilidad de conocerla o soñando con la posibilidad de verla de nuevo». Bueso ha interpretado con acierto esa atmósfera de desencanto, de falta de ilusión, que prima en determinados estratos sociales y que se traduce con veracidad literaria en obras narrativas contemporáneas.

Pero ese afán de integrar su trabajo a una narrativa diferente de cariz novedoso no impide algo que es inherente al arte y la literatura: su capacidad de sugerir o evidenciar las zonas vulneradas de la sociedad. En «Nadie olvida nunca a una chica Almodóvar» —uno de los mejores relatos del libro— el grave problema de la homofobia queda diseñado en su más compleja manifestación. Con un lenguaje bien logrado, el narrador testigo describe el clima de hostilidad que persigue especialmente a los individuos *trans*. Una mujer es asesinada con lujo de crueldad por miembros pertenecientes a las fuerzas de seguridad del país. Frente a esa situación, la única salida, para muchos es buscar nuevos horizontes en otras latitudes: «Paisito hijo de puta, pensó, enojado, Gonzalo. Ella le dijo que se iría pronto, le dijo que ya tenía comprado el boleto. Volvieron a hacer el amor. Lo hicieron con violencia carnal, porque no había futuro para ellos, porque no había futuro para nadie en San Violencia, porque la violencia más santa que la ciudad podía ofrecerles era esa», se consigna en el bien planteado relato. En «Una botella de ron» también expresa ese vacío o desamparo de alguien que carece de un ancla que le dé sentido a la vida: «Piensas en las noches que no pasaste junto a ella y una carretera interminable se extiende ante tus ojos, contemplas una enorme pendiente franqueada por palmeras, ves al fondo un negro volcán y le das el último trago a la botella. Sientes una desatada tristeza por haberla perdido de nuevo, por tener que perderla para siempre», se anota en dicho cuento.

A Juan José también le interesa estrenar o ensayar caminos técnicos novedosos. En «Vos no podés luchar contra Dios», juega con el narrador omnisciente, quien es nada menos que la misma divinidad, que ya ha puesto en el destino de la chica a un nuevo enamorado cuya identidad se anuncia con «señales divinas» atmosféricas para que ella lo reconozca en cuanto lo vea. O sea que Dios sí era ese casamentero del que Henry se burla cuando están en el restaurante. Además del ingenio implícito en la anécdota, lo importante es la actitud que el autor muestra al hacer del narrador un personaje decisivo que no solo cuenta lo que sabe sino que también interviene activamente en el destino de dos personajes. Probablemente, en el futuro, Bueso continúe en la búsqueda de nuevas rutas narrativas.

El cuento «Adiós, muchachas» que le da nombre al libro, es una fantasía futurista que aprovecha elementos de la ciencia ficción. Plantea que al avanzar el siglo XXI han ocurrido cambios sustanciales en la manera de concebir y percibir el mundo. Así, gracias a la tecnología y a drogas *ad hoc*, el ser humano puede imaginarse que está viviendo en auténticos paraísos. Hombres y mujeres pueden ser *sapiens* o *videns*. Unos con desarrollo intelectual (pensamiento crítico) y los otros usuales receptores de mensajes transmitidos mediante imágenes. Es una época en la que, prácticamente, ha dejado de existir la elaboración de literatura como actividad personal. Los textos que se escriben se envían a manos de un editor de «Asuntos literarios», quien, antes de divulgarlos, prácticamente los rehace. Se indica que casi ya no hay lectores. Sin embargo, el escritor Anselmo Mejía, ya entrado en años, «le pide al nieto entregar su libro *Adiós, muchachas* a dicho encargado. […] Diles que aceptaré conectarme con la única condición de que respeten el texto. Es casi seguro que no aceptarán y lo editarán, pero encárgate de introducir el original en la máquina de ficción. Con eso salva su texto que, además, es un éxito: «El tráiler superó todos los récords de audiencia» y sus facetas siguen el antiguo patrón del arte de narrar: es una antología de historias de amor. Incluye un antiguo bolero de Javier Solís. «Luego aparecen escenas de una revolución y las tomas de violencia se contrastaban con las de sexo. Aparecían peleas de bar, discusiones, besos y explosiones en edificios del Estado, también se escucharon otro par de boleros enfermos de amor». Una ratificación, por parte del autor, de la vigencia y validez de la escritura creativa como una forma de interpretar la realidad. En dicha antología, se alude a anécdotas que el autor ha incluido en diferentes cuentos. Un efectivo ejercicio, pues, de metaliteratura. Además, que valida la rebeldía y el inconformismo.

Al finalizar, un rejuvenecido Anselmo Mejía recibe una notificación en su celular mientras conduce su reluciente carro alejándose de San Violencia. «A sus treinta y dos años no desea mayores giros en la trama de su vida. Sabe que es feliz con Laura, quien va sentada en el asiento de copiloto. La pequeña Inés juega con un chinchín en la parte de atrás, bien sujeta a su silla de bebé». El empuje de la vida siempre sale por sus fueros y no necesita de pociones químicas o artificios tecnológicos para sentirse satisfecho de sí mismo.

Guatemala, 21 de mayo de 2021

[1] Jorge Martínez Mejía, en *Los poetas del grado cero* atribuye unos informes a J. J. Bueso. Forma parte de los amigos del grupo. Tegucigalpa: JK Editores, 2017, p. 50.

[2] Para decirlo en forma sencilla, la teoría de la relatividad lingüística demostró que toda lengua recorta y percibe aspectos de la realidad cuya captación, en forma igual, escapa cuando el objeto nombrado se enuncia en otra lengua. Se capta lo que, por el ambiente, es necesario percibir y ello está impregnado en el lenguaje.

A ti y a 196 sujetos les gusta esto

You're going to reap just what you sow.
Lou Reed

Tomó el cuchillo del fregadero y comenzó a picar todo el hielo acumulado en el congelador. Sabía que eso la pondría nerviosa. Días antes, ella lo escondió. Pensó que, por la ebriedad del momento, él buscaría pleito con los vagos de la colonia por escribirle obscenidades en los vidrios del carro. Al día siguiente, lo buscó por todos lados hasta que su intuición le hizo hablarle al trabajo. Estaba oculto debajo del colchón.

Que ella le temiera indicaba que su relación estaba más que deteriorada, pero sugería algo más. Algo realmente grave ocurría y él buscaba averiguarlo. En su historial de abusos contra las mujeres no constaban todavía los físicos, ni tan siquiera una cachetada; solo quizá las dadas en zonas más erógenas en momentos de placer, en lo que algunos denominan *violencia carnal.*

—Solo digo que recibir 199 *me gusta* dos minutos después de colgar una fotografía en ropa interior puede poner nervioso a cualquiera.

—No estarás confundiéndome con tu ex, ¿verdad? A mí no me excita especialmente la idea de que a mi mujer se la quieran coger un montón de cabrones.

Los pedazos de hielo caían por todo el suelo y ella los miraba absorta, sentada en el borde de la cama. Colocó el cuchillo nuevamente en el fregadero, tomó la escoba y empezó a barrer. Los trozos resbalaban gradas abajo, derritiéndose con rapidez. Eran las seis de la tarde y la cerámica todavía guardaba calor.

—Perdóname —exclamó por fin.

—¿Qué debo perdonarte exactamente?

—Todo. El haberte sido infiel desde hace meses, el estar enamorada de otro... de un hombre casado.

El hielo en las gradas pareció detener el acelerado cambio de estado al que estaba condenado. Las gradas mismas eran una especie de esófago. El frío se elevaba hasta concentrarse allí, en la garganta de él. Los ojos negros de ella brillaban.

—Es mi jefe. Me acosó desde que empecé a trabajar, insistió mucho hasta conseguir lo que deseaba y lo ha seguido haciendo.

—Y lo del amor ¿cuándo pasó? —preguntó Henry al fin con voz quebrada.

—Lo descubrí hace poco, mientras agarrabas ese cuchillo. Entendí que estaba dispuesta a que me apuñalaras por lo que hice, por lo que siento.

Henry estuvo a punto de resbalar, pero continuó barriendo el agua de las gradas. Una vez abajo, se detuvo por unos instantes y respiró profundamente, luego subió paso a paso, agarrado del barandal mientras formulaba un par de preguntas dolorosas.

—¿Cuándo fue la primera vez que estuvieron juntos? ¿Cuándo fue la última?

—Fue en su camioneta, el día que te dije que saldríamos todos los de la oficina a celebrar el cumpleaños de una compañera. Bailamos hasta tarde, bebimos tequila. Cuando vino a dejarme, el beso de despedida no fue de despedida. Yo estaba algo ebria y terminamos pasando la noche en un hotel. La última vez fue anoche. Nos reconciliamos. Estaba enfadado por las fotos en las que me etiquetaste hace algunos días, las del Rock House Festival. Le aseguré hace un par de semanas que habíamos terminado definitivamente. Hoy decidí colocar la foto porque ese juego de ropa interior me lo regaló él.

—Entonces no la compraste para mí —exclamó Henry mientras abría la refrigeradora. Esperaba encontrar allí alguna clase de puerta a otra dimensión, a un tiempo pasado, quizá infinitamente mejor. El interior olía muy mal y alcanzó a ver cómo un par de pequeñas cucarachas se separaban en el recipiente vacío de las verduras. Cerró la puerta y continuó pasando distraídamente el trapeador sobre los restos de humedad—. No te haré daño. No es que no lo imaginara. Tampoco tomaré represalias contra él. Hasta cierto punto lo comprendo. Si yo tuviera su edad y fuera jefe de una empresa, también querría cogerme a una tipa como vos.

Su voz era pausada y podría decirse que glacial. Trataba de mantener el rostro sereno. Parecía querer asimilarlo todo con la mayor dignidad posible. Lo intentaría. Al menos ella al fin le estaba diciendo la verdad.

Se cosecha lo que se siembra, reflexionó, acordándose de la canción de Lou Reed. Abandonó a una buena mujer, a una que le dio no solo días, sino meses, temporadas perfectas y tranquilas. Una mujer que lo quiso tanto y a la que lastimó demasiado, tanto que terminó odiándolo con la misma intensidad con que alguna vez lo amó. ¿La razón? La razón era esa joven de dieciocho años, piernas largas y cintura perfecta que estaba frente a él, confesándole quizá solamente una parte de sus aventuras. La razón era esa muchacha que creía necesario reafirmar constantemente lo de *espíritu libre* de la única manera que conocía: desnudándose *artísticamente* en las redes sociales, como si los años sesenta no hubiesen pasado hacía ya casi sesenta años. Una canción de la época titulada *Devil Woman,* del género country, llegó a su mente. Supo que su *Mary* no iba a perdonarlo y que no podría volver jamás a casa.

—Estoy embarazada —escuchó de pronto, como si le hubieran lanzado un cuchillo desde la oscuridad.

Así que era por eso, pensó, tomándose el tiempo para inclinar el ánimo y valorar bien la magnitud de la herida. Por eso ella parecía creer últimamente que estaba protegida por un aura especial. Por eso la notaba más callada y triste. Por eso tenía esos repentinos ataques de ternura, muestras de cariño que solo fueron de culpabilidad, pues a lo mejor le fue infiel otras veces, pero en esta ocasión hubo consecuencias inesperadas. Recordó que cuando él trató cariñosamente a su exmujer por ningún motivo aparente, fue porque acababa de acostarse con otras y sentía esa misma culpa, sentía que ella no merecía tales traiciones. Así que era por eso, continuó pensando, por eso la veo más bonita.

—¿Sabes de quién es?

Ella rompió en llanto mientras Henry se acercaba a levantarle la barbilla. Lo miraba sin mirarlo y los surcos negros del maquillaje le recordaron otra canción que le decía que todavía así, y muy a su pesar, eso la hacía más bonita.

—No —dijo ella al final.

Javier escuchó, en el *smartphone* barato que había comprado hace poco más de un año, el sonido que indicaba una nueva notificación de Facebook de alguno de sus mejores amigos.

Abandonó su lectura de Raymond Carver y revisó la notificación.

Andrea ha actualizado su estado

Decidió que leería el *post* más tarde, pues de Andrea le gustaban más las fotografías con poca ropa que acostumbraba a colocar cada tanto. La conoció semanas después de comprar el celular con sistema Android con el dinero de la liquidación de su último trabajo. A través del Face, por fin decidió insistirle en conocerse y así ocurrió. En su primera cita terminaron cogiendo o al menos intentando coger porque Javier estaba demasiado nervioso y terminó bebiendo más de la cuenta y a la hora de la verdad no logró funcionar adecuadamente. Luego de ese primer encuentro fallido, se vieron un par de veces más. Andrea no volvió a permitirle nada más. Javier supuso que lo hacía en represalia porque un hombre que no aprovechara un cuerpo como el de Andrea no merecía una segunda oportunidad.

Javier, sin embargo, no perdía la esperanza de que, una noche cualquiera, ella nuevamente le pidiera posada como lo hizo en esa frustrada ocasión en la cual no se detuvo a preguntarle los motivos de tal petición. A lo mejor fue porque Javier era un aspirante a escritor y a Andrea le gustaban mucho los aspirantes a escritores. Siempre le pedía que escribiera una historia acerca de ella y Javier le contestaba que para hacerlo ella primero debía darle una historia que escribir.

Decisiones

Eso decía el *post* que interrumpió su lectura. Cuando decidió abrirlo, tenía veintidós *likes* y probablemente no tendría ningún otro.

Los siguientes días, Javier vio muy poca actividad en el perfil de Andrea, lo mismo en Instagram y en todas sus redes sociales. Imaginó que sus fanáticos estarían preguntándose qué le ocurría. Decidió escribirle. En ambas ocasiones, sus mensajes aparecieron como vistos, pero ella no los respondió. Comenzó a revisar el perfil del novio y tampoco encontró pistas. Además, el sujeto solía publicar solo para sus contactos y él no estaba entre ellos. En su momento consideró que agregarlo hubiera sido algo muy cínico de su parte.

—Disculpa que no te haya contestado antes. He estado atravesando una serie de problemas con mi novio. Por si fuera poco, mi jefe me acosa. Después te contaré. Por favor, teneme paciencia.

En determinado punto, Javier llegó a la conclusión de que no era un tipo especial o imprescindible para Andrea. La comenzó a percibir como una especie de sistema operativo parecido al de la película *Her,* quizá con el inconveniente de que las pláticas no eran tan fluidas, pues seguramente ella estaba contestándoles mensajes a otros usuarios. Andrea era para Javier como un androide, una especie de vocecita sexy que él escuchaba a través del dispositivo de antepenúltima tecnología que sus pobres bolsillos pudieron costear. Andrea lo hizo sentir menos solo por medio de una enorme capacidad de empatía cibernética. El buen Javier estaba soltero desde hacía cinco años y, exceptuando un par de masajistas en contadísimas ocasiones, no había tenido intimidad física con muchas mujeres y de intimidad emocional no podía sacarse gran cosa.

Era percibido por el sexo opuesto como un tipo raro, parecía siempre rodeado por un aura de soledad que las alejaba.

Andrea era su única amiga y hubo un tiempo en que llegó a desearla desesperadamente. Ahora sabía que eso ya no era posible, que cada una de las fotografías sensuales que colocaba representaba la ovulación a la que él y muchos otros espermatozoides del ciberespacio estaban condenados a estrellarse sin la menor oportunidad. Las fotos en ropa interior eran el reflejo de la paradójica soledad a la que muchos debían enfrentarse en los tiempos modernos. Todos creían establecer una conexión con ella para luego descubrir que estaba irremediablemente lejana, a lo mejor enamorándose de otro desconocido más interesante. Por lo tanto, cada *me gusta* representaba un sujeto desesperado tratando de fecundarla, nadando en la imposibilidad de conocerla o soñando con la posibilidad de verla de nuevo. Javier fracasó una vez, perdió el turno definitivamente, pero cabía siempre la posibilidad de que Andrea tuviera un banco de suplentes y Javier estaba decidido a creer en la existencia de ese banco de suplentes, donde la esperaba pacientemente.

Ramón era un cínico mujeriego, parrandero y jugador, pero también un buen amigo. Javier le pidió un favor y Ramón estuvo dispuesto a brindarle toda la ayuda posible. El introvertido Javier al parecer tenía secretitos bien guardados. Le confesó que había dejado preñada a una exalumna menor de edad.

—Ay, picarón, pero quien te mira, ¿va? —dijo Ramón, todavía sorprendido.

Ramón sabía que la dosis adecuada de pastillas para abortar costaba en el mercado negro cerca de cinco mil lempiras. Acudió a una de las señoras de las cuatro décadas que le pagaban la ropa que vestía y le daban el dinero que luego gastaba cogiéndose a niñas de las que solía contarle a Javier hasta los detalles más explícitos. Por un momento sintió culpa. Quizá tantas historias despertaron la curiosidad de su mejor amigo. La más diligente de las señoras le aseguró que en una semana tendría lo que solicitaba, pero Javier recalcó que el tema era urgente. Entonces decidió utilizar a una de sus niñas y la mandó a las oficinas de un colectivo feminista en compañía de la señora que, según su criterio, pasaría mejor como la madre.

La historia que debían contar era de constantes violaciones por parte de un supuesto padrastro y de la decisión de ambas de abortar el fruto de tales abusos. Las feministas resultaron igual de inútiles en el tema: pedían nombres, pruebas de embarazo y señales de violencia. No quisieron o no pudieron conseguirles una receta. El medicamento en teoría servía para problemas estomacales y debía estar firmado por el profesional del caso. Finalmente, Ramón logró obtener la receta en el Hospital Militar de la ciudad por medio de un antiguo compañero de colegio. La consiguió rápidamente, lamentándose de no poder darle las pastillas allí, pues la farmacia estaba desabastecida. "Los militares matan muchos hijos", dijo. Ramón terminó comprándolas en una droguería a la par del Seguro Social, pero solo le vendieron cuatro, a pesar de que intentó sobornar al dependiente.

Javier le había pedido el doble, pero al menos no llegaría con las manos vacías.

Javier probablemente nunca olvidará la noche en que vio a Andrea acostada en una camilla del Seguro Social. Vestía únicamente una ajada bata de hospital. Javier era, según hizo constar en el archivo, el esposo de Andrea y sin que le pareciera sorprendente era también el único hombre presente en la sala de mujeres, donde muchas de ellas esperaban el turno para que les practicaran un legrado. Andrea no soportó el dolor y él decidió trasladarla allí como recomendaba el *Manual para abortar en casa* redactado por un colectivo feminista argentino, el cual descargó la misma noche que ella llegó a su apartamento. La ginecóloga evaluó y dijo:

—Aborto incompleto. Lo completaremos aquí. Usted vaya por un par de sueros, ropa interior adecuada y toallas sanitarias de las nocturnas.

Los siguientes días, Javier estuvo encargándose diligentemente de Andrea. Fue una suerte que no tuviera empleo y que ella tuviera dinero suficiente para tales asuntos. Le contó que había renunciado al trabajo, pues ya no soportaba las insinuaciones del jefe; también, que el novio no quiso hacerse cargo del problema y que la decisión la tomó porque no sentía estar preparada. Javier le respondió que lo entendía, que no debía preocuparse.

Solían acostarse abrazados, acurrucados como si estuvieran en invierno, besándose suevamente hasta quedarse dormidos. El libro de cuentos de Javier en esa ocasión era *Hombres sin mujeres* de Haruki Murakami, del cual leyó a Andrea algunos fragmentos y así continuó haciéndolo también con poemas de Gonzalo Rojas o de José María Fonollosa. A veces organizaban ciclos de cine y elegían películas basadas en libros o donde los protagonistas solían ser escritores, generalmente alcohólicos que se enamoraban de mujeres especialmente bellas, que casi siempre eran prostitutas. Andrea solía repetirle alguna frase que le gustaba; una noche, por ejemplo, pidió que le besaran el cerebro, la mente, le pidió a Javier que la hiciera olvidar. En otra ocasión, él repitió el poema que Nicolas Cage le recita a una cajera en *Leaving Las Vegas*.

Siempre que volvía al apartamento de hacer alguna compra, ella lo sorprendía con un platillo diferente. Una de las últimas veces, Andrea lo recibió luciendo un bonito vestido floreado, sosteniendo de manera orgullosa la bandeja con su reciente obra maestra. Javier colocó el platillo en la mesa y no pudo más que abrazarla, hundiendo su rostro entre sus pechos, sin poder resistirse a llenarla de caricias por encima del vestido, descubriendo, muy a su pesar también, que ella ya andaba con una ropa interior muy pequeña, pero que todavía no podrían hacer el amor.

Javier supo que, aunque Andrea tratara de ocultárselo entre sonrisas, estaba padeciendo de una fuerte depresión. Descubrió varias búsquedas en el historial de Internet de su computadora donde ella trataba de encontrar respuestas, preguntaba cómo superar un episodio como el que había pasado en foros especializados en el tema. Una madrugada, lo despertaron sollozos. Sin atreverse a tocar sus mejillas, la atrajo hacia él y ella terminó convulsionando entre sus brazos.

Tres semanas después, mientras acomodaba las compras del supermercado, ella le comentó casi sin emoción que tenía que irse, que el novio pasaría por ella. Se despidió de Javier con un prolongado beso y un abrazo similar, agradeciéndole todas las atenciones, diciéndole que lo quería mucho. Javier respondió como pudo que estaba bien, que era una lástima, pues pensaba hacerle un caldo de gallina exquisito, tal como lo recomendaron las enfermeras el día que le dieron el alta. Había comprado una botella de vino para comunicarle una buena noticia con respecto a su primer libro de cuentos, pero la dejó partir sin decirle nada más, sin decirle lo único realmente importante que deseaba decirle, que también la quería y que no solamente la quería.

Esa noche, Javier trató sin éxito de conciliar el sueño bebiéndose la botella de vino. El olor del perfume de Andrea en las almohadas era insoportable, el recuerdo de la mujer que estuvo besándolo durante veintiún días estaba demasiado vivo. La miraba cocinando, sonriéndole, llenándolo de abrazos. La volvía a ver allí, dramatizando una escena de *Desayuno con diamantes,* y no pudo evitar llorar, llorar muchísimo, sintiéndose como un maldito gato abandonado, un gato sin nombre.

Javier escucha el sonido de una notificación de Facebook en el *smartphone* que compró hace poco más de un año y medio. Abandona la lectura del cuento "El pescador y su alma" de Oscar Wilde y revisa la notificación.

Andrea ha añadido una foto

En la fotografía aparece Andrea con una blusa corta y en minifalda, mostrando un tatuaje en el lado derecho del vientre. El tatuaje finaliza con una flechita roja en forma de cola curvándose peligrosamente hacia abajo. El tatuaje dice *I belong to Jesus.*

Ya hay 196 sujetos que le dieron *me gusta* y Javier probablemente será el siguiente.

Una botella de ron

We'll be happy together, unhappy together
Now won't that be just fine...
RAY CHARLES

La pareja llega al bar Neverland a las diez y veintisiete de la noche. Están los habituales: un tatuador barbón que habla de mujeres tatuadas. De mujeres tatuadas en su camilla, que luego pasan a su cama, a veces a su cocina, a veces a nadar en su jarra de cerveza. Mujeres tatuadas jodiéndole o alegrándole la vida. Lo acompaña el vocalista con marcados rasgos precolombinos de una malísima banda de *heavy metal*, al que la melena larga no le queda muy bien. Más que todo debido al rostro rechoncho que carga sin esperanzas de colonización. En otra mesa está el pintor bobo, pero de moda (imitación barata de Basquiat), con su novia también boba que básicamente vive para adorarlo y cuya moda son los conflictos con cada chica que se le acerca al bobo de su novio. El pintor suele entonces terminar golpeando paredes o largándose enfurecido mientras ella lo persigue por las calles.

Están a cargo del bar un par de cholomeños. Se turnan como meseros y *bartenders* y creen que por ser de Choloma tienen permiso para determinar, por medio de alguna brujería, quién está lo suficientemente ebrio como para no poder hacer bien las cuentas.

Lo único singular es que en el fondo del bar está una chica sentada, bebiendo sola en la semioscuridad.

La vibra que trae la pareja de recién llegados es de intimidad reciente, de sopesado enamoramiento, de primeros tangos en San Violencia. Si nos apuñalamos los oídos para no escuchar la canción de Sepultura contaminando el ambiente, podemos casi saborear la complicidad del envolvente universo que los protege, podemos casi escuchar la sinfonía privada de cada uno grabándose en la mente del otro.

El barbón no ha vuelto a levantar la jarra, el indio alisa su melena de mapuche sin dejar de contemplar a la chica. La novia del pintor, con una inseguridad más famosa que cualquier cuadro del novio, siente que su reinado ha durado muy poco. Uno de los cholomeños se acerca a tomar la orden; por medio de señas, el otro la apunta, y el reloj vuelve a funcionar del todo luego del primer brindis de la pareja.

El brindis lo escuchamos por encima de las guitarras distorsionadas, por encima de los alaridos guturales de Max Cavalera. Fue un gesto elegante, como si estuvieran en un bar de París y no en el culo del tercer mundo. Vibró por todo lo alto, elevándose en mágica gimnasia cuya parábola finalizó en el vidrio de la botella de ron ubicada en la última mesa del lugar, despertándola.

Un trago es servido con un lento y mecánico gesto. La solitaria chica dueña de la botella contempla al sujeto que meses atrás le dijo que la amaba con locura. Se apresura a beberlo. El licor baja por su garganta como si, en lo alto de una montaña, un río por fin rompiera una barrera de escombros. Los cubos de hielo chocan como los recuerdos, haciendo conexión. La chica enciende un cigarrillo. El rótulo de un bar, de otro bar o restaurante emerge entre la corriente.

"Nada que no haya imaginado antes", piensa mientras exhala.

Las figuras racionadas por todo Neverland vuelven poco a poco a recuperar relieve. Nuevas rondas de cerveza son pedidas. Comentarios obscenos nacen de la boca del tatuador. El pintor bobo hace el bobo mientras la novia boba sube y baja la mirada por la esbelta figura de la recién llegada. Los tambores africanos desfallecen y un par de miradas se cruzan por primera vez.

El primer recuerdo de él exige de ella otra caricia a la botella de ron. Lo ve de nuevo en el patio de su casa aquel domingo por la tarde. Lo ve tratando de tomarle fotografías a un gato callejero que había decidido quedarse. Él lo siguió hasta los árboles del parquecito de enfrente. ¿El sujeto que siempre había sido un lobo estepario buscaba que ella lo domesticara? ¿Quería domesticarlo? ¿Qué sentía realmente por él?

Mientras lo observaba frente a su casa, pensó en todas las despedidas. Pensó en todos los adioses, en todos los bloqueos de Facebook. Pensó en todos los mensajes donde le dijo que no deseaba volver a verla, donde le dijo que él no podía quedarse. Esa tarde de domingo llegó con la sopa de frijoles que ella le pidió, también con dos *six packs* de cerveza Imperial y con los cigarrillos que estuvo fumando mientras pensaba en todo esto, como ahora también lo hace en ese oscuro bar frente a una botella de ron. Recuerda que era una tarde fresca. Recuerda que, a lo lejos, el cielo oscuro se llenaba de relámpagos. Recuerda que, sentado a su lado, él destapó una cerveza y una brisa repentina los hizo callar. Ambos contemplaron la grama del patio y, por un breve instante, todo se estremeció.

El primer recuerdo de ella le exige a JJ un largo trago de cerveza Imperial. Reconoció su silueta desde que entró al bar, pero sólo después de un rato estuvo seguro de lo que veía porque lo que veía también lo había mirado a él. Entonces la contempla de nuevo en el asiento de al lado de su viejo Kia Rio. La mira otra vez cambiándose de ropa allí mismo para una entrevista laboral. Escucha de nuevo la canción de la chica de piernas largas que termina la función cuando siente algo parecido al amor.

Recuerda la cabellera multicolor arrojándole destellos a los ojos. La memoria olfativa le trae nuevamente su embriagante aroma mezclado con minúsculas gotas de sudor. La memoria poética le recita de nuevo la reveladora sonrisa de una chica que en la medida de lo posible solo deseaba ser feliz. Era una tarde calurosa y soleada de San Violencia. JJ manejaba rápido mientras K buscaba, entre el montón de prendas, la más aceptable para la ocasión.

—Si algún día deseas llevar nuestra historia al cine, debería aparecer una escena como la que estamos viviendo —dijo K.

—Estoy seguro de que así será —respondió JJ—. En la escena, mi personaje observará al tuyo como ahora te observo. Cuando te bajes la blusa hasta las caderas, te dirá: *K, tú no eres bonita, eres devastadora,* y volverás a sonreír como lo acabas de hacer.

Son las once con dos minutos. Los cholomeños cambian la música a petición de alguno de los parroquianos. Entran en la escena del bar el baterista hippie más famoso de la ciudad y una mesera despedida meses atrás. Ambos reclaman cervezas de recién llegados.

Comienza a escucharse *Come Rain or Come Shine* en la versión de Ray Charles.

Los primeros acordes pasan abriéndose campo sin obstáculos, sin objeciones, resplandecientes y letales. Para K vuelve a ser domingo por la tarde y la canción suena en el celular de él. Recuerda que JJ comenzó a contarle un sueño reciente donde perseguía a una chica desconocida llamada L. Desesperado, le dijo que intentó abrazarla porque ejercía sobre él un inusual encanto. L le respondió a JJ que para poseerla tenía primero que bañarse porque olía muy mal. JJ descubrió que tenía pequeños insectos por todo el cuerpo y decidió hacerle caso. Cuando volvió bañado y perfumado, L lo recibió con una sonrisa coqueta, pero decidió huir de nuevo. JJ le contó que la persiguió, escalando por un negro volcán. Desde lo alto, L le gritó:

—¡Tienes que esperar!

Le contó que el sueño finalizó cuando, angustiado, JJ subió en su viejo Kia Rio por una enorme pendiente. La carretera estaba flanqueada por palmeras. Gritó el nombre de L sin recibir respuesta.

Ahora en Neverland suena *Angel Eyes* de Sinatra, pero en la versión de Sting. JJ sigue observando a K con disimulo, K sigue bebiendo de su botella de ron.

K recuerda que chatearon por un periodo aproximado de dos años. La noche que JJ pasó trayéndola, K reconoció al instante la canción que sonaba en el reproductor. Hicieron el amor y durmieron juntos. Siguieron viéndose de manera intermitente por los siguientes dos años.

JJ recuerda que aparecían en la vida de K otros amantes, además de él y D, el novio oficial. JJ deseó ser el *baby* número dos, como mucho hubiera aguantado ser el *baby* número tres. Hubo ocasiones en las que fue a dejarla a la casa o al apartamento de un par de ellos. Luego terminaba deprimiéndose al no poder soportar los celos. Dejaba de buscarla por algún tiempo y descendía hasta el último lugar de la tabla de pretendientes. Pasaban varias semanas e incluso meses sin verse. JJ decidía jugar con otras con las que tuviera mayor control, donde no tuviera nada peligroso que sentir.

K ya recordó que JJ le decía que no deseaba volver a verla y la eliminaba de Facebook y borraba su número, pero ahora recuerda que un día le confesó que se lo sabía de memoria. Cuando le pasaba el enojo, JJ decidía acercarse de nuevo o K decidía hacerlo primero. K le decía que las cosas no habían funcionado, que los chicos ya tenían otras o que simplemente estaba cansada o aburrida de ellos.

Son las once y cincuenta minutos. En Neverland, los torrentes de cerveza siguen inundando las rutas interiores de cada parroquiano. La botella de ron de K continúa vaciándose y los recuerdos copulan entre el humo de los cigarrillos. El rótulo de ese bar, de ese otro restaurante emerge por completo de entre la corriente.

JJ y K estuvieron sentados frente a frente en un lugar llamado Luna Restobar. Hablaron de cine hondureño. JJ mencionó que le gustaría escribir un guion cinematográfico, pero todavía no tenía clara la historia. Celebraron que K consiguió el trabajo. Ella le tomó fotografías, tratando de no hacerlo sentir incómodo. JJ le dijo de pronto que siempre la iba a querer.

—El guion trata de una joven pareja entrando en un oscuro bar de San Violencia. En el fondo, una chica misteriosa los observa. La chica sos vos y el elemento extraño es que estás sola, bebiéndote una botella de ron Flor de Caña. El chico soy yo. Ando con mi nueva novia, pero ella es tu imitación barata: gran parecido físico, pero sin tu chispa, eso que a vos te hace vos.

—Nada que no me haya pasado antes... —dijo K.

—Cuando nos vemos, a pesar de la oscuridad, nos reconocemos casi de inmediato. Esta última separación ha durado más de un año. Nos miramos un par de veces y comenzamos a recordarnos. Comienzo, por ejemplo, a recordar esta fotografía que me acabas de tomar, vuelvo a platicarte del guion que me gustaría escribir y vos me respondes de nuevo que no sería tan sencillo grabarlo.

—Es que no sería tan sencillo grabarlo, querido —dijo K.

—Luego nos separamos... —continuó JJ.

JJ recuerda en Neverland a las once y cincuenta y seis minutos que pasó justamente eso. Luego de la salida a Luna Restobar él y K no habían vuelto a verse hasta esta noche y había pasado como un año aproximadamente. Recuerda que K quedó embarazada de uno de sus amantes, pero decidió abortarlo. Cuando se lo contó, JJ iba manejando por el segundo anillo y tuvo que hacerse a un lado del camino para lograr tranquilizarse. Este hecho produjo en ella un gran cambio, dejó de lado a D y también lo dejó de lado a él.

Son las doce en punto y tu botella de ron está casi vacía. El sortilegio ha terminado. Vas a tomarte el penúltimo trago y te olvidas del vaso. Los observas, los ves y sabes que son felices. Sabes que está feliz porque el tipo parece ser un buen tipo y porque ella no es una imitación barata de sí misma. La sonrisa que vos atisbabas solo en ocasiones lo ha invadido todo.

Te llevas la botella de ron casi vacía y pasas tambaleándote a su lado. Sales a la noche, llegas a tu viejo Kia Rio y colocas la botella en el asiento de al lado. Recuerdas las escenas de cine que nunca grabarás, recuerdas la música que no sonó en Neverland, pero que vos escuchaste en tus recuerdos porque la sigues queriendo, porque vos siempre la vas a querer. Piensas en las noches que no pasaste junto a ella y una carretera interminable se extiende ante tus ojos, contemplas una enorme pendiente franqueada por palmeras, ves al fondo un negro volcán y le das el último trago a la botella. Sientes una desatada tristeza por haberla perdido de nuevo, por tener que perderla para siempre.

Nadie olvida nunca a una chica Almodóvar

Sombras nada más entre tu vida y mi vida,
sombras nada más entre tu amor y mi amor.
JAVIER SOLÍS

Suena de fondo *Mengele y el amor* de Klaus &
Kinski. La cámara se acerca poco a poco a don
Ricardo, quien lee el periódico mientras le lustran
los zapatos. Está en el parque central de San
Violencia. Calza unos zapatos italianos di-vi-nos
de color zapote. Su hijo, el ingeniero civil, se los
trajo del último viaje.

Don Richard es el *sugar daddy* de la
Rosaura, a la que conoceremos más adelantito,

pero antes la cámara debe enfocarse en algunos de los titulares del ejemplar que sostiene:

SAQUEOS, DISTURBIOS Y 44 HERIDOS
DURANTE PROTESTAS DE AYER
ASESINAN CON SAÑA A MIEMBRO DE LA
COMUNIDAD LGBT
CELEBRAN DÍA MUNDIAL DEL TEATRO EN EL
CCS
CANCELAN VISITA DE JOAQUÍN SABINA POR
CRISIS POLÍTICA

Perfecto. Nuestra heroína se llama Dolores, y Dolores es una joven actriz de teatro. Ayer, como no pudo asistir al evento del Centro Cultural Sanviolenciano, decidió disfrazarse de uno de sus álter egos y le pidió a su *roommate* que le hiciera una sesión de fotos. Ahora, un par de escenas de ella posando sensualmente frente al lente. ¡Plash, plash, plash! ¡Es preciosa! Les cuento que Joaquín opina lo mismo. Joaquincito es bien guapo, por cierto, anda por el supermercado comprando cervezas y otras provisiones. Mientras hace fila, esperando turno en la sección de carnes, revisa Facebook y mira las fotografías. El

Joaquincito, como no pierde tiempo, le ha dado zoom a una y comienza a mirarla en detalle.

Mi nombre artístico es Roberta Bolano, por cierto, y soy una chica trans. Mis compañeras y yo nos encontramos afuera de la morgue. Dijeron que nos entregarían el cadáver esta tarde. A Monserrat la secuestraron, la violaron y la mataron los militares. Fue antenoche, después de las marchas y antes del toque de queda, entre las nueve y las diez. Ella estaba en su esquina y yo vi desde la mía cuando la Hilux se detuvo a su lado. Mi esquina es el centro de una cruz de calles y avenidas.

Monserrat era la chica trans más guapa de toda San Violencia. Le tenían envidia, especialmente por su culo grande y duro y porque era alta y porque el médico que le operó las tetas en Panamá hizo con ellas una obra maestra.

—Estúpidos hijos de puta, malditos, déjenme —escuché que les gritaba.

Los policías militares la golpearon y subieron a la paila. Yo empecé a dar vueltas, agitando las manos para que las chicas me vieran. Grité más fuerte, pero uno de los PM me apuntó con el rifle y salí corriendo calle abajo; casi me reviento el hocico. Fuimos a la posta y nadie nos paró bola, ni siquiera los papuchos que le habían pasado corriente.

—Me valen verga los culeros —dijo uno de ellos.

Aquí no hay detectives para nosotras, no existen detectives para los aberrados. Sólo hay un odio letal pregonado hasta con saña como "justicia divina" cuando nos matan.

Al día siguiente, la encontraron desnuda en las cañeras cerca del Estadio Olímpico. En HCH dijeron que le dispararon por el ano y que le rebanaron las nalgas y las areolas de los pechos. Tenía la cara deshecha a golpes y el cuerpo cubierto de semen reseco. Para que nos recibieran tuve que dar mi verdadero nombre, Omar Gaitán.

Fui durante varias décadas profesor universitario, por eso tengo mis contactos en Medicina Forense. Sí, era licenciado de día y ocasional chica trans de noche. Ahora sólo soy lo segundo. Tengo cincuenta y nueve años, y eso de envidiar a mis compañeras no es lo mío. Soy como su madre, la matriarca de las chicas trans de toda San Violencia. Yo las cuido porque a mí casi nunca me salen clientes y los que me salen lo quieren todo gratis. Tengo la cara de Raymond Carver y al parecer el mismo cuerpo fofo que don

Richard. Me lo dijo la Rosaura una noche que se bajó bien periqueada de una Ford Lobo.

—Como hombre, sos un tipazo, Omar, pero como Roberta Bolano sos la hija de puta más fea, patética y ridícula que he visto en mi vida.

Le solté un vergazo allí nomás y quedó doblada la culerita, pues es bien flaquinilla. Nos dejamos de hablar por varias semanas, pero cuando la subía algún carro le gritaba al conductor:

—¡Chivas! Esa hija de puta tiene sida.

Nos reconciliamos una noche que llegó a mi casa llorando. Don Richard la había terminado por enésima vez. Al rato ya estábamos platicando como si nada y ella riéndose del fofo cuerpo del viejo al que ama tanto.

En fin, creo que nos hace falta lo del concierto de Sabina, pero vamos a hacer algo. Yo me fumaré un cigarrillo, escucharé un par de boleros enfermos de amor, pensaré en la otredad de la que hablaba Octavio Paz y nos veremos de nuevo dentro de un rato; chao, queridos.

—Ya compré el boleto para España —dijo Dolores después de hacer el amor.

El humo salía de sus labios gruesos a manera de flecha densa y venenosa, perdiéndose a contraluz desde mi lado de la cama. Estuve en el supermercado, miré las latas rojas que decían Estrella con el subtítulo: Barcelona. Creí que ya no me llamaría cuando miré las fotos, pero lo hizo. Dijo que se le quebró un tacón durante la sesión. La recogí en el bar Neverland y andaba descalza. Dijo que se sentía un poco ebria. No platicamos mucho cuando entramos a la habitación. Es la segunda vez que hacemos el amor y no sabe todavía que estoy enamorado de ella. He visto a varios pasar por ese asunto y no le daré el lujo de romperme el corazón, aunque es probable que lo termine haciendo de todos modos. La pasamos bien. Ella, experta en crear atmósferas, colocó *Nothing's Gonna Hurt You, Baby* de Cigarettes After Sex. Bailó de manera sensual, concentrada en ese personaje que sabe interpretar muy bien para mí, el de musa literaria. Cuando se vaya, sé que me dolerá mucho, en cada una de sus letras.

—¿Cuándo te vas? —pregunté, dándole un largo trago a la lata roja.

—En abril, en primavera.

"Espera la primavera, Bandini", pensé.

—Me gustaron tus últimas fotos, son bien... Almodóvar —observé.

Seguía desnuda, meneaba las caderas, sentada sobre las rodillas, con la espalda arqueada al ritmo de *Escape* de Rupert Holmes. Terminó de fumar, luego se deslizó hacia mí y nos acurrucamos, mi pene que acababa de eyacular volvió de pronto a ponerse duro mientras le acariciaba las nalgas.

—¿A qué te referís con eso? —quiso saber.

—En una de las fotos parecés una chica Almodóvar con ese estilo *kitsch* de pantalones desgastados y maquillaje rojo en los labios —le dije al oído mientras la seguía tocando—. La melena alborotada y esa blusa corta con el traje de baño de red debajo de todo eso, no sé, también porque te vas para Barcelona, para España y todo eso, no sé. Volví a penetrarla, ella lanzó un gemido y giró el cuello para besarme.

—Creí que lo decías por la canción de Sabina, la de *yo quiero ser una chica Almodóvar*— dijo más tarde mientras abría el refrigerador. Hacía un movimiento lúbrico con sus piernas mientras yo la miraba desde la cama. Mi pene amenazaba con levantarse como un boxeador que ama ser noqueado.

—No sé si deba beber más, pero necesito recuperar fluidos —dijo, riéndose.

Dolores está aquí conmigo. Ebria, pudo llamar a cualquiera, pero me llamó a mí. Como una hermosa Jesucrista llena de tatuajes, levantó su cerveza y dijo: Tomad y bebed todo de mí, este es mi cuerpo, este mi es mi cáliz. Esto me va a doler... y no sé si lograré hacer algo para evitarlo.

¡Ay! El amortz, el amortz...

Hola de nuevo, queridos, abran la toma, por favor, por si les interesa. La rola que suena de fondo se llama *Somos*, en versión de Javier Corcobado. Pues estoy ya aquí en mi puesto y, como pueden observar, alcanzo a ver todos los puntos cardinales. Allá está la puta del norte, la ceibeña, se llama Rihanna y es negra la cabrona. Allá está la puta del sur, la Rosaura, quien vino a ocupar el lugar de la Monse como la chica más culo de todas. Bien dicen que la muerta al hoyo y la viva al cogollo. Un par de semanas después y todo sigue. Nadie ha venido a hacernos preguntas. Como me la tiro de directora de películas imaginarias, a veces imagino que un joven y gallardo detective se acerca a platicar conmigo aquí en la esquina. Me hace algunas preguntas mientras yo aprovecho para sacar un cigarrillo y me lo fumo de la manera más seductora y cinematográfica posible.

—¿Qué quieres saber, corazón?

Mi *outfit* es un blazer rojo, una minifalda negra y unos tacones de plataforma transparentes. Puedo ver mi cara a la luz imposible de una noche negra y luminosa a partes iguales. En fin, cosas que no pasarán. Volviendo a lo de las chicas, bueno, no es importante que las conozcan a todas por el momento.

Pues, como les decía, fui profesor. Hubo un tiempo en que, como Joaquincito, deseaba hacer carrera como escritor. Joaquín y Santiago me visitaron el otro día. Los recibo siempre como su antiguo profesor: el académico Omar Gaitán. Ellos saben de mi otra vida, por supuesto, también saben lo que le pasó a la Monse. Por eso me ayudaron a conseguir el arma que ahorita les muestro. Véanla. Es un revólver treinta y ocho niquelado. Espero no tener que dispararlo nunca, dijo Chéjov.

Joaquín y Santiago son muy talentosos. Estoy orgulloso de ellos. Me gusta pensar que he sido su mentor. Los conocí cuando tenían dieciocho años. Me identifiqué mucho con su escritura sincera y esa falta de temores al qué dirán. También conocen a la Rosaura. Se la presenté la otra noche, en otra de esas ocasiones en que la zorra andaba triste porque don Richard le dio de nuevo una patada en su flaco trasero. La pasamos de maravilla, los chicos no paraban de preguntarle cosas y aquella, que no le gusta ser el centro de atención...

Les contaba toda clase de sinvergüenzadas. Al rato, los chicos comenzaron a preguntarle si tenía algún cliente famoso, algún político, periodista, pastor. Preguntaban por esos tipos que se la tiran de respetables, pero que se entregan a la noche sanviolenciana con pasión luciferina. Por supuesto que la Rosaura no es pendeja y no les quiso contar nada. Joaquín y Santiago no todo el tiempo andan con buenas intenciones. Ya varias veces he identificado a personajes reales en sus relatos, se escudan en la ficción para vengarse de alguna afrenta.

—A ver, papaítos, me ha llegado de todo. Yo les cuento los pecados, pero no delato a mis pecadores —dijo. Luego hizo el gesto de cerrarse la boca con un candado y esconderse la llave en el culo.

Sin embargo, los chicos ya sabían sus cosas. Resulta que don Richard es el virtual suegro de Santiago García por casualidades de la vida, queridos. Don Richard está casado, tiene cuatro hijos, casi todos mayores y con su vida hecha. La única soltera es su hija Lía, la menor, quien está comprometida con el poeta y escritor Santiago García. Don Richard anda ya por sus sesenta años también, así que lo de *translover* le llegó tarde. Ya les dije que nos parecemos mucho, pero con la diferencia de que el viejo tiene billete y yo lo perdí todo. Les hablaré de eso en otra ocasión.

Persigo a Dolores por todo el festival. Ando ebrio y nos hemos peleado. Falta una semana para que se vaya. Le reclamé por dejarme plantado la última vez. En un ataque de celos, le dije que entendía que a lo mejor estuviera despidiéndose de alguien más. Dolores detesta los celos. Me dijo que lo mejor era no volver a vernos. Vine a este festival mierda lleno de hippies de mierda porque sabía que podría estar aquí. Mientras pedía mi cuarta o quinta o sexta Port Royal (la única porquería de cerveza que venden hoy), entró junto a Rosaura, quiero decir: junto al sujeto que se viste como Rosaura, su *roommate*. No estoy de humor para ser políticamente correcto. El sujeto, quien como hombre perfectamente podría pasar por su novio, me miró con esa mirada propia de los maricas, pero supongo que él no tiene la culpa de nada, de ser marica ni de andar con Dolores. Mejor así. Los he estado invitando a varias rondas de cervezas, pero la última Dolores la rechazó.

Ando con un par de amigos y trato de distraerme. No puedo quitarle los ojos de encima a Dolores, es que anda tan bonita... Sólo quiero un beso suyo, sólo quiero un poquito de su calor, sólo quiero un poco de su atención. Me conformo con una mirada, con un roce, con una bocanada de humo de sus labios sedosos. Ojalá pudiera decirme que no se irá, ojalá pudiera decirme que nos vayamos de aquí, que no le interesan estos pintores de cuarta, que no le interesan estos cantantes de quinta, que sólo le intereso yo. Pero me voy para el ala donde los pintores de cuarta exhiben sus obras y me detengo en una que atrae mi atención; se llama *Noches de San Violencia.* Hay un borracho tirado en una calle llena de basura, rodeado de zopilotes. Claramente se detecta la influencia de Van Gogh en los trazos. Firma la pintura Carlos Hernández. Lo conozco, es un tipo loco como todos los pintores locos de la ciudad, pero es buena onda, vale, no pinta tan mal.

Pues que en mi borrachera le pido a Dolores que sea mi novia. Rosaura me ve con mirada compasiva, extrañamente masculina, de camarada, de ya párale al *show*, compadre. Dolores me responde que tienen que irse. Rosaura me detiene y me dice:

—Joaquincito, ella no quiere líos con nadie, por eso me pidió que la acompañara, papi, déjela... es mejor así, váyase a descansar, ya anda usted bien borracho.

Estoy desesperado, he fumado demasiada marihuana, malditos hippies... pero ciertamente no me pusieron ningún arma para que les aceptara los porros. Todo el triste mundillo de artistas de San Violencia anda por aquí. Es lógico. En esta puta ciudad no hay nada más que hacer. Volamos como moscardones ante cualquier novedad por ridícula que sea, aunque signifique encontrarse con gente detestable. Yo mismo pertenezco a uno de los gremios más detestables de todos, el de los escritores y poetas con ínfulas. Al final, la gente nos recordará más por alcohólicos que por lo que escribamos. Al final, la gente no nos recordará por nada. ¿Quiénes nos creemos? ¿Julio César *Rambo* de León? Todos estamos aquí para salir un poco de esta rutina de sangre, corrupción y desesperanza.

Desperté a las tres de la mañana, cuando ya todo había terminado. Me dormí en una silla y tenía el pantalón vomitado. El guardia del lugar me ayudó a pedir un taxi. No sé qué clase de estupideces hice, no sé por qué mis amigos me dejaron botado, pero no quiero averiguarlo todavía. Subo las gradas hacia mi cuarto y me duermo diciéndome que ya comenzó a doler, y que dolerá más.

—En una foto parecés una chica Almodóvar —dijo Gonzalo antes de que partiera a Barcelona y terminara trabajando como estrella porno.

Comenzó a grabar vídeos para Cumloader y poco a poco fue volviéndose famosa y grabando para las grandes productoras. Se puso el nombre artístico de Frida Fuck y al principio cogía con Nacho Vidal, con quien tuvo un romance. Hacían tríos con Susy Gala, Apolonia Lapiedra, Amarna Miller y Katrina Moreno. ¿Cuál chica Almodóvar? Roxana aprovecharía ese cuerpo todavía veinteañero y lo explotaría al máximo. Gonzalo tendría que aceptar que el seudónimo de Frida Fuck le quedaba perfecto porque le gustaba mucho Frida Kahlo y porque cuando cogían siempre le daba por hablar en inglés. Ahora que lo pensaba, era su manera de desconectarse sentimentalmente. Ahora que lo pensaba, ella jamás lo amó.

Recuerda la noche en la cual hicieron el amor por última vez. Escuchaban música de Joaquín Sabina, no porque les gustara mucho, sino a manera de homenaje porque el ruco ese tuvo la intención de visitar una novela negra llamada Honduras. El concierto había sido cancelado por la crisis política que vivía el país; Gonzalo se quedaría solo cuando Roxana se marchara. Estaban en un pequeño cuarto de la colonia Las Brisas, cerca de *un centro de convenciones. Desde la ventana podía verse la avenida Junior con sus semáforos y cámaras de vigilancia dañadas por los manifestantes de la última revuelta.*

Paisito hijo de puta, pensó, enojado, Gonzalo. Ella le dijo que se iría pronto, le dijo que ya tenía comprado el boleto. Volvieron a hacer el amor. Lo hicieron con violencia carnal, porque no había futuro para ellos, porque no había futuro para nadie en San Violencia, porque la violencia más santa que la ciudad podía ofrecerles era esa.

Queridos, ya no habrá más juegos cinematográficos con lo que voy a contarles, así, rápidamente. Joaquín estuvo muy deprimido por la partida de Dolores a la madre patria. En efecto, como dicen los periodistas, allá se convirtió en una actriz de cine para adultos y ese muchacho se hundió más en el alcoholismo y las drogas. Me contó que cuando miró la primera escena de sexo anal de Dolores se acordó de Marlon Brando en *El último tango en París*. Se refería a la escena en la que Marlon le pide a su amante que se corte las uñas y luego ella lo sodomiza. Me dijo que deseó ser sodomizado también porque sentía que Dolores le había *follado* el corazón. También dijo que nada tenía sentido sin ella, que ya no podía ni escribir. Dijo muchas locuras esa noche.

Yo había olvidado la escena a la que se refería. Por lo tanto, me negué con un pudor idiota a lo que supuse había sido una petición suya. Me miró con ojos llenos de furia al decirme que estaba hablando en metáforas. En todo caso, la única que pudo haberme hecho eso era Dolores, escupió, y era evidente que Dolores ya no estaba. Tiró la botella de cerveza de un manotazo y me llamó culero senil. Luego se fue de mi casa.

Lo llevamos a una clínica de salud mental semanas después, luego de enfrascarse en una pelea de bar con un tipo que le había dicho no sé qué de Dolores o de Frida Fuck. Pasó la noche en la cárcel y luego internado un par de semanas. Santiago y yo fuimos por él cuando le dieron el alta. Cuando creíamos que se recuperaba, pasó lo peor. Joaquín se quitó la vida, se disparó en el corazón frente a mis ojos y con el revólver que él mismo me había conseguido. Todo ocurrió muy rápido, sin que pudiéramos siquiera reaccionar.

Tuvo mayor fortuna que Van Gogh. Su muerte fue inmediata.

Veo tu fotografía de chica Almodóvar y recuerdo la última vez que estuvimos juntos. Traté sin éxito de escribir un cuento al respecto porque me llené de odio y desesperación. Cuando llegué a la parte donde eras una estrella porno, no pude continuarlo. Eso me pasa por acostumbrarme a lo autobiográfico, por depender tanto de lo que me ocurra. Yo nunca te lo dije, aunque tuve la oportunidad, aunque me lo preguntaste varias veces, nunca te declaré mis sentimientos. Ahora que no estás, San Violencia se ha vuelto para mí lo que siempre ha sido, un infierno. Los últimos dos años sobreviví por vos, viví aquí por vos y resistí todo lo malo que me pasaba por vos. La literatura no era mi salvación, vos eras mi salvación, mi literatura eras vos y ahora que no estás no le encuentro sentido a nada.
Estoy cercado por el nihilismo que me ha acompañado siempre, el nihilismo que sólo vos pudiste romper, el que estaba antes de vos y el que ha quedado después de tu partida. San Violencia

te destrozó el corazón, lo sé, pero San Violencia nos destroza el corazón a todos. El recuerdo de nuestra última noche juntos se diluye en mi vaso de ron, se mezcla buscando ser una vez más el antídoto, pero ya no podrá serlo.

Corazones, hemos llegado al final de esta historia. Suena de fondo *Sombras* de Javier Solís. Los actualizo, así, rápidamente. El viejo pícaro de don Richard está otra vez en el parque y lee el periódico. Usa unas zapatillas de gamuza. Las cosas con la Rosaura siguen con el drama de siempre. Aunque don Richard ahora está divorciado, ya no hay tiempo para explicar lo que pasó.

ATAQUE TERRORISTA EN EL CONGRESO: 67
DIPUTADOS MUERTOS
CARDENAL RODRÍGUEZ: "A LA OPOSICIÓN
SÓLO LE INTERESA CREAR CAOS"
PEDRO ALMODÓVAR SORPRENDE CON SU
NUEVA MUSA. ¡ES HONDUREÑA!
SE SUICIDA JOAQUÍN CASTRO, ESCRITOR
COSTEÑO

Son las dos de la mañana y me quito los tacones, camino descalzo por la calle frente al colegio María Auxiliadora. Como muchas noches, hoy tampoco ha sido mi noche. Mis niñas ya se fueron también y yo vuelvo a ser Omar por un instante.

Sombras nada más entre tu vida y mi vida...
sombras nada más entre tu amor y mi amor.

¡Qué bonita voz tengo! Disculpen, ando nostálgica, ando inspirada, ando depresiva. Pienso en Joaquín y en Dolores y por primera vez en mucho tiempo pienso en mi propia juventud, en mi propia vida. Ya casi no tengo amigos, mucho menos discípulos. Alguna vez los tuve y los perdí. Alguna vez tuve honor, pero fallé, fallé mucho. Fui olvidado por todos aquellos que alguna vez me temieron. Fui olvidado por todos aquellos que alguna vez me amaron y admiraron.

Sombras nada más... acariciando mis manos,
sombras nada más...

Pues les cuento que la Hilux me ha estado siguiendo con las luces apagadas y las acaba de encender. En mi mente suena la sirena que no sonará en la realidad. Todo es silencio, sólo escucho los latidos de mi corazón. Me quito la peluca y la tiro junto a la acera, me acaricio con ambas manos la cabeza afeitada. Puedo ver las fotografías de mi cadáver en las portadas de todos los periódicos cuando me encuentren. Sé muy bien que nadie llegará después a hacer preguntas. Aquí no habrá detectives ni historias ni esperanzas. No me queda más que despedirme de ustedes, queridos. Por cierto, pórtense bien. ☺

Vos no podés luchar contra Dios

Siempre estará la noche, mujer, para mirarte
cara a cara,
sola en tu espejo, libre de marido.
GONZALO ROJAS

Empezó a contarme cómo lo conoció. Era una noche calurosa de San Violencia, pero un narrador omnisciente había colocado nubes negras en el horizonte. De eso no me percaté cuando subí a mi carro a buscarla. Lo sabría un par de horas después.

"Vos no podés luchar contra Dios, Henry, nadie puede", me dije entonces. También se lo comenté a Santiago mientras bebíamos en Zepellin, un bar frente al cementerio general.

—Le pedí a Dios que me mandara a un hombre, Henry, a un hombre bueno para mí, se lo venía pidiendo desde hacía varios años —dijo ella, abandonando por un momento el celular.

Estábamos en un restaurante donde pedimos costilla. A ninguno de los dos nos gustó. Como supondrán, tampoco vi en eso broma alguna de algún narrador omnisciente. Ella apenas probó la suya y yo renuncié a terminar la mía.

—Durante los últimos cuatro años le hice la misma petición en la vigilia del 31 de diciembre —continuó ella. Estaba sentada a mi costado izquierdo—. Pero esta vez fue diferente porque le dije que dejó de importarme ya la apariencia que tuviera, aunque él es guapo, chaparro pero guapo. Ahora me doy cuenta de la ventaja al momento de besarlo: no me paro de puntillas.

Pedí otra cerveza; sería la cuarta. La joven mesera me había visto ya con otras mujeres. Me la trajo minutos después. No pudo dejar de mirarme con cierto desdén, pero sin saber en realidad que le estaba apostando a la chica equivocada.

—De repente, Dios, en lugar de solucionar los grandes problemas de la humanidad, prefiere tirársela de casamentero para que esta obra absurda siga. ¿Es en serio? —dije antes de darle el último trago a la botella que aún tenía.

—Son cosas que vos no entenderás jamás, Henry, pero estoy segura de que él es el indicado. Dios me lo mandó para mí. Lo sé porque cuando escribí mi petición también le pedí que me mandara señales para saber cómo identificarlo.

—Soy todo oídos —dije mientras contemplaba la botella número cuatro recién llegada.

Ella había aprovechado para contestar un mensaje de WhatsApp, luego respondió otro y luego otro y mi paciencia se agotaba.

—Yo nunca te hice eso —reclamé.

—¿Hacer qué? —respondió sin levantar la vista.

—Ponerme a chatear con Andrea mientras estaba con vos, nunca te la pasé por la cara como vos lo hacés conmigo —ella dejó caer el celular de sus manos de manera teatral, luego lo tomó rápidamente y lo puso a cargar sobre una silla de la mesa vacía de al lado.

—¡Vaya, vos! ¿Ahora resulta que no puedo utilizar el celular? ¿Qué? ¿Tengo que pedirte permiso?

—Cuando estás con él no te veo conectada, o sea que la cosa es solo cuando estás conmigo.

—Bueno, hasta en eso hemos llegado a un acuerdo. Cuando estamos juntos, cero celulares.

—¿De quién fue la idea? ¿Tuya?

—Sí y a veces me arrepiento un poco, pero bueno... como te estaba diciendo, le pedí señales, dos señales específicamente. La primera fue que cuando viera a mi futuro esposo sintiera algo en mi corazón. La segunda señal fue que, cuando por fin lo conociera, ese día tenía que llover.

—Okey.

—Me habían presentado a varios chavos y ninguno me gustó. Algunos eran guapos como Joan, como los pedía siempre en las vigilias pasadas, pero no sentí nada con ninguno. Cuando lo vi a él, cómo te explico... —tomó mi mano derecha y siguió hablando—. Yo no le podía soltar la mano, Henry. Se la agarré así. Estábamos de pie, pero fue como si me la hubieran pegado a la suya. Nos conocimos en un café —soltó mi mano

y buscó el celular. Recordó que lo acababa de
poner a cargar y continuó hablando.

—Era un día soleado y, de repente, a los
cinco minutos llovió, así, de la nada, Henry. Yo no
podía creerlo. Las dos señales ocurrieron. Es el
indicado, estoy segura.

Estoy con la cabeza bajo un torrente de agua tibia,
con los ojos cerrados, pensando. Todo mi cuerpo
recibe la vibra de cientos de personas bañándose
en las piletas de arriba. Estamos en las aguas
termales de Gracias, Lempira, venimos en un viaje
de estudio para una clase de la maestría, es de
noche y no sé nada.

Arriba, en el balcón de la entrada,
observando todo el panorama está ella sin afán de
divertirse, con la calma propia de una conciencia
que cree que su diversión está en otro lado y con
otra persona. Yo he vuelto a colocar mi cabeza
bajo el torrente, tratando de escuchar alguna voz
interior.

El torrente sobre mi cabeza se une a los
torrentes de mi sangre. Las vertientes del pasado,

del presente y del futuro desembocan en mis pensamientos. Me escucho sin mentirme, sin engañarme, tratando de responder con sinceridad a una simple pregunta: ¿realmente la sigo queriendo?

Subo hasta donde ella está con los demás y miro que Martín y Manuel observan sin mucho disimulo a una bella chica con tatuajes. Está bañándose junto al novio en la primera pileta, justo debajo de nosotros. El narrador omnisciente ya nos acompaña, pero, claro, todavía no lo sé. Acomoda pequeños motivos, va acumulando suspenso, aunque en el fondo de mi consciencia ya escucho el leve sonido de su quehacer creativo, pero me niego a darme por vencido. Por ejemplo, ya sé lo que ella está pensando en este momento: que la chica de los tatuajes se parece mucho a Andrea.

—No a todas las mujeres les quedan bonitos los tatuajes en esas partes del cuerpo, pero a ella sí —exclamó—. Recuerdo a Andrea sin nostalgia, sin tristeza, como si todo hubiera ocurrido hace mucho tiempo.

Al siguiente día, Martín maneja de regreso a San Violencia. A su lado va Manuel y atrás vamos ella y yo. Saco de mi billetera una frase que me regaló cuando fuimos novios. Había escrito algo en uno de esos papeles especiales que no se deterioran. Lo toma, lo lee y después abre la ventana. Veo de reojo cómo su brazo se queda un par de segundos afuera. Luego cierra la ventana de nuevo y yo desvío la mirada hacia la mía por un buen rato.

El narrador omnisciente sintió orgullo con la escena, supongo. Ahora puedo imaginarlo escribiéndola. El momento en que ella bajó el vidrio y sacó el brazo derecho y decidió soltar el papel donde alguna vez me dijo cosas que solo se dicen los amantes. Luego describió que yo había tratado de ocultar mis lágrimas, describió el momento en que Martín se percató por medio del retrovisor sin decir nada.

Sin embargo, todo creador debe saber que el libre albedrío puede intervenir en las historias que a veces deseamos narrar. Todo creador debe saber que un personaje no consciente de serlo puede llegar a tener el control sobre algunas de sus acciones. Ese es el gran misterio de la creación, son esas capas de realidad escapándose de nuestras manos las que nos maravillan, es nuestra voluntad de saberlo todo viéndose

turbada, a veces de manera asombrosa. Minutos
después, ella me regresó el papel y dijo:

—Tené, guardalo.

Entonces terminó de contarme cómo lo conoció.
Iba ya por mi quinta cerveza y había llovido
brevemente. Yo era consciente ya de la presencia
de un narrador omnisciente. Por lo tanto decidí
jugar mi papel en la historia, un papel secundario,
por supuesto, pero no había tiempo para más.
Tuve con ella demasiado tiempo un papel
principal y ahora el aire olía a epílogo y a huracán.

—Ha empezado a llover y al decirme cómo lo
conociste también tomaste mi mano. Las dos
señales volvieron a ocurrir. ¿Cuándo nos vamos a
casar? —dije de manera jovial.

—Loco —contestó, riéndose—. Vos estás loco
—repitió con esa risa proveniente de un lugar al
que ya no podía acceder.

—Y vos solo querés ver lo que querés ver —
contesté.

—Esto es diferente. Ya estaba pronosticado
que iba a llover.

Hacía solo unas cuantas semanas que ella había estado conmigo por última vez. Hicimos el amor como en nuestros mejores tiempos. Dijo que todavía sentía algo por mí, dijo que no había podido olvidarme, dijo que me seguía queriendo.

—Tal vez estaba con vos mientras encontraba a otro —dice Santiago—. Vos sabés lo que piensan algunas mujeres, estar con el equivocado mientras aparece el indicado.

—Gracias, Santi, eso suena muy reconfortante, pero estoy tentado a darte la razón —digo luego de empinarme la cerveza.

Fui el que comenzó la discusión. El narrador omnisciente se deleitó mientras yo decía la primera frase. Saboreó cada una de las escenas anteriores que me habían llevado hasta allí, cada uno de los motivos que por fin tenían motivo de ser. Ella me pidió antes de irnos a cenar que le llevara sus últimas cosas en mi apartamento: un par de zapatos, maquillaje, blusas, ropa interior y algunas sábanas. Entonces le dije de la nada que ya sabía por qué me las pedía.

—Vos pensás que voy a hacerte brujería.

—¿Crees que yo soy capaz de pensar eso de vos? —me miró, indignada.

Se levantó, tomó el dinero de la cuenta y fue hasta la barra a cancelarla.

—Vámonos, tengo muchas cosas que hacer.

En el carro trataba de explicarle la situación, pero ella estaba furiosa. Entonces le recordé el episodio de nuestro último viaje de estudio. Estábamos entrevistando a un anciano de un caserío lenca en Gracias, Lempira. El anciano nos contó la historia del Duende. Dijo que en su juventud recitaba la oración del Duende a las muchachas y todas acudían a donde él, bien "mansitas". Yo le pregunté si todavía sabía la oración. Ella se rio a carcajadas y me molestó con eso el resto del viaje.

El narrador se apresuró a soltar el ambiente preparado de antemano. La tormenta estaba sincronizada con nuestra salida del restaurante y con la discusión en el interior de mi carro.

—Si vos creés que tu nuevo novio fue enviado por Dios, no me culpes por pensar que también podés creer que yo no quería entregarte tus cosas porque buscaba hacerte algún mal. Siempre me has dicho que no soy el mejor hombre y que soy capaz de muchas barbaridades.

—Yo sabía que salir hoy con vos era una mala idea, Henry, una malísima idea, me lastimaste —dijo, frotándose los brazos.

—Disculpame. No quería que te fueras así. No fue mi intención sujetarte, pero mirá la tormenta que se vino. Te dejaré en tu apartamento, lo prometo, y no volverás a saber nada más de mí.

"Vos no podés luchar contra Dios", dije mientras la miraba entrar a su apartamento con la bolsa de sus últimas cosas. La lluvia no cesaba. "Vos no podés luchar contra alguien aparecido entre señales divinas", me repetí. "No podés luchar contra un personaje decidido a creerle a un narrador omnisciente todos sus designios". Saqué mi celular en medio de la tormenta y me detuve en una calzada. Llamé a Santiago y me dijo que estaba en el bar frente al cementerio general.

—No puedo luchar contra Dios, amigo mío — dije, levantando mi cerveza Imperial.

Afuera había dejado de llover. El narrador daba por cerrada la historia, pero yo estaba seguro de que conmigo tenía una inconfundible sensación de imperfección. Sin embargo, algo era cierto: la historia de ella tenía un cierre bastante decente.

Por mi parte iba a tratar de sobrevivir a esa noche. Si lo lograba, al día siguiente seguiría pensando en ese final convencional, el que ella anduvo buscando en nuestros últimos días juntos.

Un jueves cualquiera

Y no puedes dar marcha atrás.
Una vez que doblas la esquina, se convierte en
tu único mundo.

HARUKI MURAKAMI

—¿Verdad que lo harás? Yo sé que lo harás —le
dice en un susurro antes de salir de la habitación.

Le acaricia la cabeza y luego se la aprieta con
ambas manos. Seguidamente toma sus cosas
porque Ramón la está esperando en la puerta. Él
lleva también una bolsa. Caminan por el pasillo
del edificio de apartamentos y luego salen al
parqueo y suben al carro. No platican mucho
durante el corto trayecto a la colonia de ella. Es

un jueves por la tarde sanviolenciano cualquiera. Calor, tráfico y dinero para salir a divertirse.

Eso es justo lo que Ramón piensa mientras el guardia de la colonia le levanta la tranca. Media hora más tarde estaciona su auto en un hostal del barrio Guamilito y se une a sus amigos en El Juernes, el evento que hacen cada jueves cualquiera en San Violencia y adonde asiste mara de lo que podríamos denominar *contracultura*. Come un sándwich cubano y pide una cerveza belga. Conversa con un par de pintores de cuarta, con algunos escritores de quinta y con algunos músicos de *covers* de *covers*. Saluda también a algunas muchachas. Llegan más amigos, beben más cerveza. A las once de la noche, todos están despidiéndose. El hostal acaba los juernes a esa hora porque los pocos inquilinos necesitan descansar.

—¿Para dónde agarramos, maje? —pregunta Santiago García.

—Yo digo que vayamos a Gabby's Place a ver a esas chicas que dice Ramón —sugiere Gil.

—Es cierto. Sí, hoy es jueves y queda aquí cerca. Nos sale bien.

—*Yabló*. No se diga más.

A las doce treinta de la madrugada, Ramón y Gil bailan cerveza en mano con las dos chicas

del espectáculo para caballeros de los jueves en
Gabby's Place. Santiago los observa, divertido.
Nada que no hubiera visto antes en ambientes
similares con sus similares amigos. A las dos de
la madrugada, calabaza, calabaza. Ramón está
considerablemente ebrio al encender el auto.
Logra avanzar dos cuadras cuando el motor se le
apaga. Ya días le estaba dando problemas algún
sensor, pero había ignorado el problema. No logra
encenderlo.

Llama a su hermano que vive a unas tres
cuadras de donde está varado. Lo empujan juntos
y lo dejan en su estacionamiento reservado a las
visitas. Decide irse caminando a su colonia. Por
supuesto que, a pesar de la valentía que le da la
ebriedad, cierta incomodidad se apodera de él al
recordar que pasará cerca de un bordo solitario,
luego de cruzar el río que divide la Colombia de la
colonia Universidad. Entonces escoge una piedra
del tamaño de una manzana y va jugando con ella
durante el trayecto hacia el bordo. En el inicio del
cruce que conecta el atajo con la calle principal de
la colonia Universidad ve venir a un tipo. Sale
justo de la entrada oculta del bordo. Se ven desde
lejos. Ramón sigue caminando, pero el sujeto se
cambia de acera hacia el lado de Ramón.

"Bueno, parece que es un asaltante", piensa mientras sigue jugando con la piedra y caminando con la misma seguridad que lo ha estado haciendo.

Ramón no duda ni un segundo en su paso a paso. Siente cómo la adrenalina va en aumento. Sabe que lo enfrentará, que le arrojará la piedra a la menor provocación. El asaltante tampoco parece dudar, viene en su dirección con la confianza que le da estar cerca de su escondite o el hecho de que no viene ningún vehículo. A lo mejor está abandonado a la actitud nihilista que todo asaltante ha ejercitado a la hora de la verdad, la de que tarde o temprano algo puede salir mal. Cuando están a solo un par de metros, una Ford Lobo cruza por el desvío y los alumbra a los dos con potentes luces LED. Ramón y el sujeto se ven fijamente. El sujeto desvía un segundo la mirada hacia la piedra de Ramón y, al encontrarse, se pasan de largo. Ramón sigue caminando sin voltear, llega hasta el final del cruce, toma finamente la calle principal de la colonia Universidad y lo pierde al doblar la esquina. Su corazón palpita de manera descontrolada, sus piernas comienzan a fallarle, se detiene.

Se detiene a recuperar el aliento y mira la calle solitaria que ha dejado atrás. Siente la sensatez, la sobriedad llegar poco a poco a su cuerpo. Al fin y al cabo había empujado su cacharro y había caminado al menos un par de kilómetros. Durante el resto de la caminata hacia su colonia no se encuentra con nadie más. Entra a su cuarto y allí lo están esperando. Le sirve un poco de croquetas y Ramón se acuesta, duerme hasta mediodía.

—Quiero que lo cuides mucho, Haruki. ¿Verdad que lo harás? Yo sé que lo harás —le dijo ella a su gato el día que por fin se decidió a dejarlo. Ramón la había visto inclinarse hacia su mascota mientras la esperaba en la puerta con una bolsa con el resto de su ropa. Creyó que ella solo necesitaba lavarla. Después de todo parecía ser un jueves cualquiera.

Haruki

Nadie conoce los caminos de un gato.
HENNING MANKELL

Lo tomé en mis brazos por tercera vez y avancé por el pasillo. Lo saqué a la peligrosa noche de San Violencia y lo solté con intenciones de abandonarlo.

—Haruki, eres libre, déjame solo —dije una y otra vez.

Pero no volvió a pensarlo mucho y volvió corriendo de regreso por el pasillo. Vivíamos en el edificio de apartamentos desde hacía un año.

Andaba borracho. Hacía un par de horas, mi exmujer me había confesado que ya estaba con otro.

Regresé a mi apartamento y lo encontré en la puerta, lo tomé de nuevo en mis brazos y decidí intentarlo de nuevo.

—¡Qué gato más bonito! —dijo de pronto la voz de una muchacha.

—Si le gusta tanto, se lo regalo —respondí en tono despectivo, apenas levantando la mirada.

—A mi novio no le gustan los gatos. Viera que si no fuera por eso le digo que sí. Se levantó y bajó un par de gradas. Le acarició la cabeza y a Haruki pareció gustarle.

—¿Cómo se llama? ¿Está enfermo?

—¿El gato o yo? —de repente me sentí estúpido. Lo solté y me senté en las gradas a fumarme un cigarrillo—. Yo solo estoy un poco ebrio, pero ya se me pasará. El gato está sano, se llama Haruki —le hice gestos y él nos miraba fijamente.

—Pero no piensa abandonarlo, ¿verdad? —preguntó—. Haruki, Haruki —lo llamó.

—Pues al parecer no puedo —expulsé el humo y la miré con mayor detenimiento. Haruki tenía las orejas levantadas hacia ella.

— Ay no, qué malo es usted. ¿Y por qué lo quiere abandonar? —dijo, sentándose de nuevo un par de gradas arriba de mí.

—Por problemas emocionales. No estoy ni para mí mismo en estos momentos —dije mientras me levantaba.

—¿Y el gatito qué culpa tiene de eso? —respondió ella en tono irónico.

— Mire, no quiero ser grosero, pero no se meta en mis asuntos —apagué el cigarrillo y abrí la puerta del apartamento. Haruki entró.

—Lo dejo en paz, pero no lo vaya a abandonar ¿de acuerdo? —dijo. Se puso de pie, esperando que yo contestara, pero no lo hice y cerré la puerta.

Esperé que subiera las gradas y luego dejé afuera a Haruki. Yo estaba borracho y cansado. Traté de dormir, pero dormí mal. Cuando desperté, el gato seguía allí. La resaca me estaba matando y también una asfixiante ansiedad.

Le serví comida y recordé a la chica de la noche anterior. Ciertamente era muy bonita, aunque apenas me había fijado en ella. ¿Por qué no tuvo miedo cuando le dije que andaba borracho? De seguro ya me había visto, quizá al salir rumbo a mi trabajo.

Soy reportero redactor, tengo veintinueve años y hasta el día anterior era todavía un hombre con mujer. Bueno, hasta el día anterior no sabía que ya era un hombre sin mujer desde algún tiempo indeterminado.

—Si te vi por última vez, fue solo porque tenía ganas, no fue por nada más, muchacho. Solo quería sexo. Y ese gato mimado nunca me gustó, la verdad.

Haruki había llegado a mí hacía poco más de un año como una especie de homenaje a mi última amante, la que causó la separación entre mi ex y yo. Así que no era difícil imaginar que ella tuviera sentimientos encontrados. Por una parte, le había comprado todos los juguetes disponibles en la tienda de mascotas, pero, por otra, Haruki le recordaba siempre mi infidelidad y eso no me lo perdonaría nunca.

Haruki es un gato bicolor muy guapo, es bastante grande y diría que de contextura casi esbelta, o sea que no es un gato atlético como un samurái, pero tampoco tiene apariencia de luchador de sumo o de uno de esos gatos dorados de la fortuna. Sé que puede parecer extraño que un hombre soltero (ahora de manera oficial y mediante notificación tardía) se haga acompañar de un gato en esta sociedad homofóbica en la que vivimos.

—Ramón, ¿sos gay? —me preguntó el otro día Ricardo, un compañero del diario donde trabajo.

—¿Por qué me lo preguntas? —contesté, un tanto intrigado.

—Por tu foto de WhatsApp.

La foto me la había tomado mi novia, quiero decir, mi exnovia. Aparecemos Haruki y yo en blanco y negro, recostados en la cama. Es una estupenda foto. Supo captar el momento exacto en el que ambos miramos a la cámara o más bien la mirábamos a ella.

Le expliqué a Ricardo que tener un gato no hacía gay a nadie, que estaba seguro de saber el origen de ese prejuicio. Le expuse mi teoría de que los hombres solteros con gato seguramente en varias ocasiones les quitaron las chicas a los hombres solteros con perro. Ocurría porque las mujeres difícilmente se relajaban del todo en presencia de un perro ajeno. Piensen en una chica junto a un pitbull o un labrador inquieto en la habitación de un chico que le gusta. Piensen en la misma chica junto a un hermoso gato calmado y galante en la misma situación. La ciencia descubrió que los felinos saben manipular a las mujeres, se conectan mejor con ellas que con los hombres. Si nos aventuramos con una hipótesis, diría que los gatos despiertan su sensualidad dormida precisamente porque son animales sensuales por donde se les vea. Así que, Ricardo, a lo mejor el que tiene conflictos de identidad sexual sos vos, le dije. No sé, es muy tu asunto, pero siempre me sales con preguntas del tipo: "¿Te cogerías a una mujer musculosa tipo He-Man, pero que sabés que es mujer, o a una chica muy femenina, tipo Barbie, pero que en realidad es una chica trans?".

Pasé deprimido varias semanas durante las cuales ofrecí a Haruki en adopción. Colocaba sus mejores fotos en Facebook y WhatsApp con mensajes del tipo "excelente cazador, consejero y antidepresivo", "este pequeño tigre de salón es lo que usted necesita en su hogar prosaico y aburrido", "bonito compañero, *suave como el peligro"*, "gato bicolor que se acomoda a su humor: de buenas lo ve blanco, de malas lo ve negro".

Me escribían colegas de fuera de la ciudad, la mayoría periodistas de Teguxibalbá que estaban a más de doscientos kilómetros de distancia. No podían venir a traerlo y yo en realidad no estaba tan dispuesto a regalarlo; lo hacía en los momentos en que más deprimido me sentía.

Una noche volvía de mi trabajo y la vecina estaba sentada en las gradas. Se notaba que había estado llorando.

—Buenas noches —dije secamente.

—Buenas noches, vecino —respondió con la voz ligeramente ronca.

—¿Cómo ha estado? —dije mientras abría la puerta de mi apartamento, que, como ya supondrán, queda al pie de las gradas hacia los del segundo piso. Antes de que ella respondiera, Haruki salió como si llegara tarde a una cita, pero se detuvo de pronto, subió las gradas con cierto sigilo, dejando que Laura le rogara.

—Es que uno lo intenta, les damos una y otra oportunidad, pero ustedes los hombres vuelven a lo mismo una y otra vez, las bobas somos nosotras.

Laura tiene veintidós años, es delgada, blanca, de piernas largas, de cabello pelirrojo y liso. Sus ojos son pequeños, cafés, ligeramente achinados, pero ciertamente muy hermosos. También tiene una de las narices más bonitas que he visto en mi vida y en sus gestos hay algo de felino. El acento del occidente del país completa un cuadro realmente singular.

Yo nunca había tenido un gato en mi vida, aunque siempre supe que me gustaban. Los primeros meses con Haruki fueron difíciles, puesto que no estaba acostumbrado a sentir apego con los animales y, debo confesarlo, tampoco con las personas. Pero los gatos no son precisamente criaturas de apegos. Ya dije que llegó a mí como una especie de homenaje, pero fue algo más circunstancial. Haruki llegó a mi vida porque vivía en la casa de un tío donde reinaban las ratas. Cuando el tío se puso histérico, me tocó mudarme y ya no pude dejarlo atrás.

Quería extirparme la memoria, quería olvidar a Denisse, pero no podía. Pensé en el suicidio muchas veces porque ningún problema llega solo. Me abatía una tormenta perfecta en lo profesional y lo emocional. Luego imaginaba a Haruki acostado a mis pies y a mi cuerpo pudriéndose durante varios días en la habitación. Luego leí que en realidad me habría comido, pero en ese momento yo no lo sabía.

Jugar a regalar a Haruki era como jugar a la ruleta rusa, como jugar al *gato ruso* o al gato de

Schrödinger, pero a la inversa: al que podrían encontrar muerto en la caja era a mí. Si aparecía alguien dispuesto a adoptarlo, iba a quedarme solo en la habitación con mis pensamientos punzantes y mis arrepentimientos inútiles.

—Es que los hombres somos como los perros y ustedes las mujeres son como los gatos. Nunca nos vamos a entender. A lo que podríamos aspirar es a la convivencia —le dije a Laura.

—Me parece una comparación muy rebuscada y absurda —contestó. Por supuesto que ella tenía razón, pero mi mente estaba en otra parte.

Cometí muchos errores en esos días, busqué a quien evidentemente ya no me quería y me humillé, llegué incluso al acoso y la hice enfadar una y otra vez, me volví completamente loco. Actué con desesperación y las mujeres no soportan la desesperación. Había perdido a una buena mujer, es cierto, pero esa buena mujer ya solo existía en mi cabeza. No podía recordar cuándo fue la última vez que ella me había dicho algo amable. Persistía la idea de extirpar de manera radical los recuerdos del último mes.

Por otra parte, el éxito de Haruki con Laura era innegable. Decidí renunciar a mi trabajo y

viajar varias semanas a tomar aire fresco. Laura
aceptó cuidarlo durante ese tiempo. Me mandaba
fotos de sus travesuras juntos y yo no podía creer
que los gatos fueran tan indiferentes ante la
ausencia de quien les da de comer y los quiere.
Ese hijo de gata me va a sobrevivir, me pase lo que
me pase, dije.

Y así, como en una especie de epifanía, como
si fuera el alumno lento de un práctico pero
poderoso sabio, descubrí el método gatuno para
curar el desamor. Sin muchos preámbulos se lo
comparto a continuación.

Método gatuno para curar el desamor

1.   Desapego: no la busques, no le
escribas, no le lances indirectas, no dejes
rastros de que la estuviste espiando en
ninguna red social o afuera de su
apartamento, *ups.*
2.   Sé suave y salvaje: muéstrate siempre
calmado y sereno en lugar de deprimido y
triste, pero despabílate de cuando en
cuando bailando un buen mambo.
3.   No seas un samurái si en tu cuerpo no
es posible, pero tampoco te resignes a ser

un luchador de sumo. Ejercítate, aunque recuerda que los gatos no dejan de disfrutar de los manjares de la vida.

4. Duerme tanto como puedas: dormido evitarás hacer estupideces como romperle los vidrios del carro a su nuevo novio, *ups*.

5. Busca el placer, evita el sufrimiento: los gatos son los mejores maestros en esto.

6. Lámete, acicálate: quiérete y mantente siempre limpio.

7. Ante los demás siéntete digno como un dios, pero fíngete humilde como su más ambiguo servidor.

8. Trabaja en tu sensualidad: tus gestos, tu lírica, tu *flow*, tu postura.

9. Desarrolla la intuición: aprende a descifrar los gestos de los demás, alguien podría quererte y no te has dado cuenta.

10. Vuelve todo lo anterior una rutina.

Cuando regresé a San Violencia, seguí al pie de la letra el método Haruki. Un par de meses después había tomado una decisión sin darme cuenta: continuaría con mi vida saltando por los tejados del mundo. A esta altura no les será difícil imaginar cómo termina esta historia, pero la lección extra de Haruki es que lo más importante es disfrutar del camino, aunque, como dice Henning Mankell, nadie conoce los caminos de un gato. Una noche de abril supe a cabalidad a qué se refería.

Laura estaba sentada en mi sofá. Haruki saltó de pronto sobre ella y comenzó a darle pequeños golpecitos con la nariz.

—Creo que Haruki te ama —dije mientras ella le frotaba la cabeza con las manos.

—¿Lo crees? ¿En serio? ¡Qué poder de deducción, Ramón! Por supuesto que me ama, deberías aprender de él —dijo con su acento cantadito y evitando la mirada.

Traté de contener mi sonrisa, sentí una alegría que me caldeaba por dentro como un nuevo sol en el amanecer. Para cuando la miré de nuevo, Laura ya me acechaba con sus ojos como dos nostálgicas panteras.

La señora del kimono

> Cántame una canción inolvidable
> Una canción que no termine nunca
> **NICANOR PARRA**

Antonio camina por el mercado de artesanías después de desayunar donde los Pinares. El sol todavía perezoso no proyecta calor por el enorme tejido del último pueblo mágico de Honduras. Anoche sufrió las bajas temperaturas del lugar. Los Pinares, una familia joven, todavía no es parte del clan de artesanos y tejedores lencas; sin embargo, eso podría cambiar muy pronto. Lo sabe al ver que Fernando Pinares comienza a preparar el lugar que ocupará en el mercado Beegin. Se lo comentó de manera casual durante la cena de bienvenida del día anterior.

—Me tengo que levantar temprano, pero está usted en su casa, Antonio, sea bienvenido y le aconsejo que se compre una colcha para el frío porque la va a necesitar —dijo mientras se levantaba de la mesa—. Quisiéramos ofrecerle una, pero todavía no somos parte del clan y bueno...

Se dicen buenos días y Fernando le señala el pasaje de las famosas cobijas. No sin que Antonio le diga que tenía razón con lo del frío. En la madrugada creyó que estaba en algún profundo círculo infernal y por la mañana apenas se atrevió a tocar el agua escarchada de cuchillas.

"Es imposible que pueda comprarme una con estos precios", se dice luego de consultar por la mayoría de los puestos.

Ahora entendía por qué los Pinares no tenían suficientes colchas. Una sola valía más que ese primer sueldo que estaba todavía lejano, tan lejano como San Violencia, la ciudad que intentaba dejar atrás. Notó que todas las cobijas lencas traían figuras de animales: jaguares, cusucos, serpientes, tacuazines, guacamayas, aves de especies que no conocía y al parecer toda la flora y fauna endémica de esa región del país. Los vendedores lo miraban fijamente, apenas respondiendo a sus preguntas por el precio. Como si supieran de antemano que él no podría comprarles nada. Antonio le regatea a un señor que le recuerda al cacique Lempira; este le dirige una mirada de desprecio y se da la vuelta.

Decide sentarse un momento cerca del pasaje y le compra un vaso de atol chuco a una señora con la que se detiene un momento a platicar solo para disimular que la bebida no le ha gustado para nada.

—Pruebe en esa tienda —dijo doña Gertrudis al cabo de un rato.

Un poco extrañado, Antonio se da cuenta de que no había visto el puesto que la indígena le señala. Una vez dentro de la tienda se deshace del atol mientras una señora con apariencia oriental se aproxima a atenderlo.

—No se preocupe, a la mayoría no le gusta esa bebida. Es un gusto adquirido algo difícil de adquirir —dice con una sonrisa atractiva proveniente de un rostro amable y sereno.

Antonio está impresionado con la fisionomía de la mujer, pero su impresión es mayor cuando le ofrece una colcha a un precio increíble. La pieza tiene un estampado de una mujer en kimono y es larga y parece muy cálida. Espera comprobarlo durante la noche.

A la hora de la cena, los Pinares, por razones que Antonio no quiere indagar, no le comentan mucho sobre la singular tienda de la señora oriental. Se limitan a decir que muy bien, que se alegran por su compra y ni siquiera Berta, la hija de Fernando y Julia, parece querer hablar del tema.

"Creí que yo le simpatizaba", se dice Antonio ya en la habitación mientras prepara la ropa para su primer día de trabajo como ingeniero ambiental.

"El clan, debe tratarse de algún asunto con el clan", piensa mientras se envuelve en la nueva colcha, descubriendo plácidamente que fue una buena compra. Se duerme enseguida.

—¿Crees que no me gustas porque no te consideras tan guapo? ¿Crees que estoy fuera de tu liga? Antonio, eres un tipo interesante y eso me pone caliente, muy caliente.

Antonio está atónito, la chica viste una falda corta y una blusa ajustada y usa el cabello rubio a la altura de los hombros. Se acaba de sentar en sus piernas y siente la recia esponjosidad de sus cálidas nalgas. Tiene inevitablemente una erección. Ella se ríe al darse cuenta y lo ve con una inocencia fingida a través de unos bellos ojos verdes. Están en el campus de una universidad desconocida a la vista de todos, pero sin que nadie les preste especial atención. Es casi de noche y el ambiente es fresco, como si hubiera acabado de llover. Los edificios universitarios parecen del primer mundo y el campus se extiende por un terreno lleno de áreas verdes al pie de las montañas. Cuando ubica el edificio principal, lee justamente una inscripción que dice:

LA UNIVERSIDAD DESCONOCIDA

—Quiero mostrarte algo —dice la chica con gran entusiasmo y picardía. Y él, por supuesto, se deja arrastrar por el idilio.

La figura del general Tiburcio Carías Andino bailando dantescamente sin soltar el revólver mientras Cipriano Flores lo acribillaba mantiene paralizado a Antonio por varios minutos en su cama. Todo había terminado en una pesadilla. Siguió a la chica rubia hasta un oscuro parque abandonado y mientras se abrazaban y él le agarraba las nalgas, dándose un fervoroso beso, una jauría de lobos salvajes apareció de la nada. La chica saltó felinamente hacia un árbol y Antonio, con la sangre hirviendo de deseo, sintió el coraje suficiente para buscar un leño y enfrentarse a la jauría. El carro de Cipriano Flores apareció luego en escena.

—Soñé con el alcalde —le menciona a Julia y a Berta por la mañana. Trata de acordarse en qué momento entró también en escena el exdictador Carías.

—Eso significa que durmió usted bien, Antonio. Me alegra mucho —responde Julia.

—¿Qué más soñaste, Antonio? —pregunta Berta.

—Si es que se puede saber —dice Julia, sirviéndole más café y sonriendo de una manera que Antonio, quien no quiere dejarse llevar por ese tipo de pasiones ilícitas, no puede evitar asociar con la chica del sueño. Cuando termina de tomarse el café llega a la conclusión de que a lo mejor necesita un poco de sexo.

—Es el sueño de la mujer amada, Antonio. Todo varón heterosexual lo ha tenido. ¿Y las lesbianas y los bisexuales? En fin, veamos. Ya tienes treinta y dos años y has sufrido tus decepciones amorosas y también has sido un gran hijo de puta con mujeres que te han querido de verdad. La naturaleza te llama y al parecer ese pueblo te puede caer bien. Necesitas olvidarte de todo lo que te pasó aquí. A lo mejor y no está tan lejos el momento en que vuelvas a divertirte un poco y, no sé, ¿fijarte en alguien más?

El lunes de la segunda semana, Antonio se levanta a las nueve de la mañana y ya no hay nadie en la casa de los Pinares. Le dejaron el desayuno cerca de la hornilla. Todavía está caliente, así como el café. Julia salió a hacer las compras, a lo mejor, piensa Antonio. Será la segunda vez que llegue tarde. Ya había pensado que tendría que pedirle a Julia ser despertado para que no le volviera a ocurrir; sin embargo, a don Cipriano el asunto pareció no importarle mucho el pasado viernes.

Sueña que asiste a la boda de su primera novia, de cuando tenía 22 años. Viste saco y corbata. La ceremonia es en una hacienda antigua al lado de una pirámide maya o azteca. Camina por las habitaciones donde todos los invitados están alojados. Es de madrugada, pero ya hay algo de claridad y se ven luces de antorchas por varias partes de la hacienda. En el patio, un grupo de niños juega con una pelota. En una sala amplia y bien amueblada, su tío Tito observa a una hermosa chica que baila absorta a lo largo de toda la habitación. La chica es alta, como de un metro setenta y tres, cabello negro, piel morena, ojos color miel, delgada. Desde que Antonio la ve, se siente atraído por ella. El tío Tito lo percibe y le dice:

—Paula... Paula, te presento a mi sobrino.

Ella se quita los audífonos, lo ve y le sonríe mientras se acerca y le ofrece la mejilla. Antonio no puede evitar pasarle el brazo derecho por la espalda y ella reacciona como una fiera sensible cuando intenta robarle un beso.

—¿Así que tú también quieres cazarme, verdad, picarón? —dice mientras sale corriendo hacia el patio. Cruza por donde los niños juegan pelota y se dispone a escalar la enorme pirámide ancestral. Antonio decide perseguirla sin pensarlo mucho. En su ascenso, en uno de los huecos entre las piedras encuentra a un cusuco. Lo saluda como si el cusuco fuera una persona y el cusuco le responde:

—Mucho gusto, mi señor, me llamo Benjamín.

Paula se detiene un instante y le pregunta:

—¿Tú también puedes hacer eso?

Antonio le responde que sí.

—Pero veo que Benjamín está lleno de garrapatas.

—¡No! —grita Paula desde lo más alto—. El que tiene garrapatas eres tú, Antonio.

Antonio ve sus brazos y se da cuenta de que es verdad: los tiene llenos de garrapatas. En realidad son muchas garrapatas y andan por ambos brazos como si fueran más bien arañas. Despierta tratando de quitarlas y, luego de tranquilizarse, ve que ya son las once de la mañana. Será la sexta ocasión en que llegará tarde al trabajo.

Se lava la cara y tras contemplarse un largo rato en el espejo vuelve a decidir no afeitarse. Tiene la barba ya bastante tupida, pero la pereza y el sueño pueden más. Cada vez le es más difícil levantarse y la cama parece llamarlo. Julia le aseguró que le tocaba la puerta, pero al parecer su sueño es muy profundo y ya no tiene sentido que ella lo llame. No se ha bañado en los últimos cuatro días, tal vez más. Piensa que también debería cortarse las uñas y el cabello. Nunca en su vida había dormido tan bien y por tanto tiempo. En San Violencia se había acostumbrado a la vida nocturna, a las borracheras y a no dormir mucho.

A las tres semanas, Antonio llega casi al mediodía a trabajar. El alcalde le dice que no hay problema si llega solo por la tarde.

—De todos modos está haciendo usted un estupendo trabajo, mi inge —asegura Cipriano.

Extiende su colcha sobre la cama y observa la estampa de la señora del kimono. Bueno, exactamente una señora no es, se dice. Es más como una dama vestida para alguna ceremonia especial. Está sentada a la orilla de un estanque cubierto de flores. Se ven unos cuantos cisnes cerca de ella. En realidad se trata de una mujer joven y sus ojos por un momento le resultan familiares. En esta ocasión decide volver a dormir. Total, es sábado y se siente cansado, con frío y sin deseos de hacer nada más.

La cabeza de Antonio se encuentra entre los macabros frutos de un árbol del inframundo. Las demás discuten en voz baja quién será el siguiente en intentarlo. Hay un mono sentado en una alta rama, lamiendo un cráneo ya sin ninguna hebra de carne. Las cabezas no logran ponerse de acuerdo. Una de ellas avisa que la princesa ya viene con su cántaro a la fuente. La muchacha se desvía del camino y se acerca al árbol, coloca el cántaro sobre una de las raíces y observa todas las cabezas con atención. El mono brinca y se agita unos segundos en señal de saludo. La princesa habla:

—He tomado ya mi decisión —anuncia con una sonrisa tímida—. Elijo a Antonio.

Las demás cabezas se mueven en señal de desaprobación y comienzan a repetir "no, no, no" en un murmullo conjunto y desesperado. La princesa estira su mano hacia la cabeza elegida. Antonio, con los ojos llenos de lágrimas, respira profundamente y escupe un negro coágulo de sangre sobre la palma de la chica.

La tarde del día siguiente, Antonio decide ir al mercado. Compra un vino frutal y camina un poco por las tiendas de artesanías. Decide buscar la tienda de la señora oriental, pero no la encuentra por ninguna parte. Se detiene a saludar a Fernando, que ya parece tener casi montado su puesto, aunque no ve ninguna colcha o artesanía. Fernando le dice que todavía tienen que esperar un poco más. La noche del martes siguiente toma el teléfono y vuelve a hablar con su mejor amigo.

—La tienda de la señora oriental simplemente ha desaparecido, Gabriel. Nadie me dice nada al respecto, ni siquiera don Cipriano, quien rápidamente me cambia el tema y me dice que llame a algún regidor.

—Antonio, son cosas del clan, relájese —me dice don Cipriano—. En esas cosas yo no me meto. Ellos tienen sus propias reglas de quién vende allí o no, eso fue todo lo que me dijo. La única pista que tengo, Gabriel, me la dio doña Gertrudis. Me dijo que, a veces, el clan permite que artesanos o tejedores extranjeros vendan sus productos en el mercado Beegin, pero no le encuentro mucha lógica a eso.

—Antonio, *brother*, estamos preocupados por vos. ¿Seguro que estás bien? Entiendo que todavía estés deprimido por lo de...

Sueña que su última exnovia le canta una canción. Están en un bar de la ciudad de Copán Ruinas. El lugar se encuentra en penumbras y, en el extremo opuesto de su mesa, un viejo parecido a Bukowski bebe una enorme jarra de cerveza. Sobre la mesa del viejo hay una jaula con un hermoso pájaro. El viejo repite con voz ronca:

—Hay un cenzontle en mi corazón que quiere salir, pero soy duro con él.

Su exnovia está sobre el escenario, toca suavemente unas notas desconocidas. Antonio había esperado un gesto así en su cumpleaños. Deseó de ella una canción cualquiera, como la que cualquier novia enamorada que sabe cantar podría dedicarle a su pareja. Sin embargo, ella apenas le había escrito un mensaje ese día.

—Hay un cenzontle en mi corazón que quiere salir, pero soy duro con él —repite el viejo con cansancio y voz monótona mientras se empina la jarra de cerveza.

Ella entonces canta:

> *Esta es, amor, tu canción inolvidable,*
> *la oda a tu salvaje corazón lleno de fuego,*
> *como un volcán en erupción*
> *que lo quema todo.*
> *Seré Susana para vos una vez más,*
> *solo una vez más...*

La familia Pinares se levanta temprano cuatro semanas después de la llegada de Antonio. Por fin están listos para inaugurar su puesto de bordados. En la madrugada oyeron ruidos desde la habitación de huéspedes. Berta sintió curiosidad, se acercó a la puerta y escuchó gruñidos. Cuando colocó el oído para escuchar mejor, parecieron detenerse por un instante. Alcanzó a percibir el sonido de una respiración entrecortada del otro lado de la puerta. Tras escuchar un rasguido sobre la madera, sintió que el corazón se le iba a salir del pecho. Corrió a su cuarto y cerró la puerta, temblando de miedo. Por la mañana despertó con dificultad. Su madre la sacudió por un momento.

Los tres han terminado de comer y por fin deciden ir a ver que todo esté bien con Antonio. Tocan la puerta y no reciben respuesta. Entonces, Fernando, mientras sostiene su escopeta, le pide a Julia que use la llave de repuesto. Cuando Julia abre, les pide a ambas que se aparten. Entra a la habitación y parece estar vacía. Revisa el baño. No hay nadie. Se acerca a la cama y observa que está hecha. Las chicas le preguntan con ansiedad si ya pueden pasar. Fernando baja el arma y las llama. Cuando entran, Julia se lleva las manos a la boca y Berta comienza a brincar de la emoción.

Sobre la cama de Antonio ven la hermosa colcha extendida sin arruga alguna. El estampado lo conforman un fondo con una pirámide con muchos jeroglíficos y verdes montañas a diestra y siniestra. En primer plano se ve un imponente jaguar sentado sobre la hierba. El animal mira un árbol. Notan que los ojos del jaguar son muy expresivos, reflejan una inconfundible tristeza y soledad, pero también nostalgia. Sobre la copa del árbol hay un bonito cenzontle cantando con el pico hacia el cielo. Berta se ha quedado muda observando al pajarito. Fernando y Julia se ven por un momento y luego cada uno camina hacia un extremo de la colcha. Por primera vez en nueve años están seguros de que todo irá mejor.

Adiós, muchachas

A Philip K. Dick

Don Anselmo Mejía recibe una notificación que lo mantiene sentado en la orilla de la cama. No sabe qué hacer a continuación. A sus setenta y seis años no espera mayores giros en la trama de su vida. Es como si hubiera estado caminando hasta el final de un largo pasillo y ahora solo le faltara abrir esa última puerta. Ningún suceso había podido lograr que reconsiderara la oferta de Ubbikk, el gigante del *streaming* que lo ha estado acosando por años.

Estimado licenciado Anselmo:

Lamentamos informarle que hoy 15 de septiembre de 2064 nuestra querida Laura Reyes ha finalmente cruzado la frontera infinita. En nombre de la corporación le extendemos las más sinceras muestras de pesar a usted y a su nieto. Les aseguramos que protegeremos el legado de una Sapiens con un prodigioso talento como lo fue Laura. Honraremos su nombre.

Atentamente,

Corporación Ubbikk

Las piernas comienzan a dolerle y, antes de que sea tarde, don Anselmo decide levantarse. Los calambres aparecen en el acto y tiene que volver a sentarse de inmediato.

"Hoy será un mal día con todas las letras", se dice.

No le queda más remedio que llamar al asistente androide "obsequio" de la corporación. El asistente le anunció con voz monótona que en treinta segundos estará actualizado. El androide Philip tiembla y una nube de polvo se levanta hasta que sus ojos se encienden.

—Dame una de tus can-can, *dealer* de mierda —pide don Anselmo con resignación.

Se recuesta sobre sus almohadas, estira las piernas en un doloroso gesto. Al cabo de un minuto, Philip aparece a su lado con una cápsula rosada y un vaso pequeño de agua mineral.

—¿Se le ofrece algo más, señor duque? —dice el androide.

Anselmo le pide que limpie la casa en modo silencioso. Total, no recibe nunca a los agentes. El Philip 84, antes de entrar en modo silencioso, anuncia que el tiempo estimado de limpieza será de dos horas en ese modo.

La Can-L comienza a hacer efecto. Su cerebro de Sapiens recibe poco a poco la descarga del alucinógeno hasta que se enciende como una noche estrellada. Vuelve a ver a Laura.

—Ubbikk prepara un especial de la abuela. ¿Quieres que te configuren la Interzona Básica para que puedas verlo? —pregunta su nieto desde la anticuada videopantalla que conserva en su sala.

Su nieto Andrés es un cerebro Videns como todos los de su generación: piensa en imágenes, aprende en imágenes y se relaciona con los demás por medio de imágenes. Fue programado y conectado a la Interzona desde su nacimiento. También trabaja para la corporación como técnico. Es el encargado de mantener activa la interfaz cerebral entre los Sapiens, los usuarios y el *streaming*. Odia comunicarse a través de su aparato fonador por mucho tiempo; sin embargo, con los Sapiens no miembros tiene pocas opciones, pero tampoco es que interactúe con ellos muy seguido. Quedan muy pocos.

—Ya hablé con ella por la mañana, pero eso ya lo sabes. El maldito espía tuvo que haberte mandado el informe —responde don Anselmo desde el sillón. Ha estado bebiendo cervezas Lone Star desde las once de la mañana. Andrés sabe que ha llorado.

—Veintitrés mililitros de lágrimas —le comunicó Philip 84 solo quince minutos antes.

Andrés reproduce de nuevo las imágenes de su abuelo mientras está acostado y siente también deseos de llorar, aunque carezca de lagrimales naturales. La Can-L duró veinticinco minutos esta vez. Ve el momento en que don Anselmo abrió los ojos y se los enjugó con ambas palmas. Sin duda, su abuelo es un poderoso demiurgo, pero está en un momento vulnerable. Debe escoger muy bien las siguientes palabras si no quiere hacerlo enojar de nuevo. Con imágenes, el asunto sería más fácil. Las palabras... ese vacío. Ve una escena en que la frase cae donde caen todas las frases para los Videns. En la nada. En la más absoluta nada.

—Abuelo, no quiero que nada malo te pase. Sería mejor si permites que nosotros te ayudemos. La corporación te aprecia mucho y no correrás peligro de infectarte. Podemos mandarte a dos de nuestros mejores agentes de Asuntos Literarios. Ellos te protegerán y harán el traslado. Estarías con otros Sapiens aquí. Bueno, si sabes a lo que me refiero.

¿Desea usted reencontrar el amor o ser un héroe para la humanidad? En Ubbikk podría hacer ambas cosas a la vez. Si usted es un Sapiens, el planeta Tierra lo necesita. Dos mil millones de Videns esperan por usted. Llame a uno de nuestros

Philips y recibirá una dotación de nuestra Can-L. Recuerde que, si decide tomarla bajo nuestra supervisión, la inmersión será cien por ciento satisfactoria para todos. ¿Quiere volver a sentirse joven y de paso…?

Anselmo apaga la antigua videopantalla. Ha visto el maldito anuncio cientos de veces. Estaba convencido hasta hace poco de que moriría antes de volver a tomar la droga. Su mente es una catedral fuerte y llena de valiosos tesoros, como lo era la mente de Laura. Comenzaron juntos las inmersiones cuando su hija Inés murió de la enfermedad. Una falla en su traje y el virus invadió sus pulmones. Murió en menos de cinco minutos. Al menos eso fue lo que le dijeron en la corporación. El golpe fue devastador para ambos y solo la existencia del pequeño Andrés logró ser la balsa que los salvó de la tempestad por algún tiempo. Al principio, las inmersiones duraban hasta cinco horas, pero, con el uso, sus organismos empezaron a mostrar signos de resistencia. La única manera de volver a ser sensibles a la droga era a través de la Interzona. Anselmo se había resistido a ser parte de la colectividad. Decía que no deseaba ser esclavo de ninguna compañía. En el fondo culpaba a la corporación por la muerte de Inés.

Poco a poco, la claridad aparece. Los suaves acordes de *Peer Gynt* se escuchan y los cantos de los pájaros llegan a los oídos de Andrés junto con las imágenes de unas praderas suizas. El sol comienza a salir. El proceso de hidratación ocular inicia y la voz de Fabio, su mejor amigo, se lamenta de no haber dormido lo suficiente.

—Me quedé viendo toda la primera temporada de *Jesucrista* —le dice a Andrés a través de la Interzona—. Ese Sapiens sí que fue un gran fichaje, alero. Claro, no como el de tu abue.

Andrés pierde su paisaje suizo y queda suspendido sobre la nada. El oscuro abismo de la nada lo paraliza. El *software* de emergencia se enciende y una voz le pide que guarde la calma. Su mente difusa ha entrado en estado de pánico. No tiene control sobre su cuerpo y este comienza a descender. Su respiración se acelera. En la oscuridad siente el abrazo de la melancolía sin límites. Cae lentamente en un frío mar de brea metafísica y las imágenes de su abuela se mezclan con las imágenes de la soledad de otros. Con la soledad de dos mil millones de Videns encerrados en sus casas. La luz verde aparece de pronto. Andrés recupera la interfaz mientras tiembla de miedo y de frío. Su Philip 84 ya ha encendido la calefacción, tal como lo indica el protocolo.

—Andrés, ¿estás bien? ¿Andrés? ¿Andrés? —repite Fabio a sesenta millas de donde perdió la señal de su mejor amigo.

En algunas series de culto han metaforizado la experiencia del abismo para los Videns. Entre las más destacadas está la representación que aparece en "Jonás", el capítulo cinco de la segunda temporada de la exitosa serie *La Biblia 2666*. El viajero interestelar se desvía de su ruta inicial y acaba yéndose de putas a una luna de Júpiter. Cuando sale de la órbita del satélite, la nave sufre una avería y termina precipitándose hacia la Gran Mancha Roja del planeta. En la escena final se ve a una ballena monstruosa con sus fauces abiertas que viene directo hacia la nave. La espantosa escena causó miles de crisis en la audiencia, pero la verdad es que pocos terminaron de verla cuando notaban que la ansiedad aumentaba.

—Los Sapiens hemos lidiado con ese abismo desde la caída de la última idea religiosa —le había dicho su abuelo en una ocasión—. El mundo nos ofrecía toda clase de maravillas. Uno podía vivir sin abrumarse tanto, teníamos las montañas, los animales. Mientras podíamos caminar por las calles, todos los frutos del Edén estaban a nuestro alcance. No fue fácil emigrar hacia nosotros mismos. Millones no pudieron soportarlo. Los mataba la peste del aire o la peste de melancolía que se esparcía en sus cabezas.

Jorge Berkeley ha sido condecorado la noche del pasado viernes con el premio Nébula 2064 por su serie debut titulada Jesucrista, *una ficción que se ha vuelto la más popular entre los Videns. En ella, un asesino en serie de nombre Junio deambula por una ciudad llamada San Violencia, asesinando prostitutas. El misántropo y sarcástico detective Alexander Senderos es el encargado de investigar los casos. ¿Quién pensaría que un personaje tan atípico se iba a ganar el corazón de la audiencia? En el evento también se le rindió homenaje a la tres veces ganadora del premio Nébula, Laura Re.*

"Esos hijos de puta de Asuntos Literarios", pensó, amargado, don Anselmo frente a su biblioteca personal. "¿Cómo diablos se les ocurrió seguir entregando el premio Nébula si ya nadie escribe? Bueno, al menos para poder ser leídos. ¿Seré como el tal Alexander Senderos? Un detective 'misántropo y sarcástico'. Todo Sapiens es sarcástico cuando lo observa un mundo ya carente de pensamiento abstracto y crítico. Podrías citar de memoria a Philip Marlowe y los de Asuntos Literarios lo mutilarán antes de introducirlo en la máquina narrativa y te arruinarán toda frase, giro o punto de vista brillante del personaje o de la historia. Lo he visto en algunos capítulos que pasan por la antigua videopantalla, los que proyectan para 'convencernos' de que podemos ser el próximo Robert Heinlein. No quiero ni imaginar cómo deformaron y censuraron la *Trilogía del Paraíso* de Laura. No, algunas cosas no las soportaría. ¿Y eso quieren hacerme también?".

—Sus libros son brillantes, don Anselmo, pero entienda que ya no hay actores y, aunque los hubiera, no podrían actuar ni memorizar mucho. Pero usted, motivado y conectado a la Interzona con la dosis correcta de nuestra presentación *premium* de Can-L... Lo demás déjelo en nuestras manos. Estamos seguros de que sabremos entretener a la gente con la ayuda de su enorme capacidad para maquinar ficciones.

—Dame otra de tus can-can, *dealer* de mierda.

Los detectives Anselmo Mejía y Laura Reyes han descubierto finalmente al asesino. Están a punto de entrar a la casa del criminal y se cubren las espaldas mutuamente con la ayuda de sus pistolones.

—Las series de detectives son las favoritas de los Videns —dice Laura mientras inspeccionan la casa—. Estoy segura de que te pedirán una, pero no creo que vayas a tener problemas. Te has leído a los mejores.

—Odio el género negro. Está lleno de clichés. A los jodidos Videns les encantan los clichés. Todavía no entiendo por qué aceptaste entrar a la Interzona como creadora.

—Señor Pineda, sabemos que está allí. Salga de la habitación con las manos en alto. No tiene escapatoria —dice Laura, aproximándose a la puerta.

—Acepté porque habías perdido el control. Bebías mucho y sufrías demasiado. Yo también estaba triste por lo de Inés, pero no podía seguir en ese lodazal emocional. La autocompasión no es lo mío. Además, quería ayudar a los Videns. Tú siempre has sido muy duro con ellos, incluso con Andrés.

El intercambio de disparos es rápido. El criminal queda reducido a una figura que se arrastra de manera patética. El detective Anselmo Mejía pide refuerzos.

—¡Oficial herido! ¡Oficial herido!

—Laura, ¿adónde vas? ¿Adónde fuiste? ¡No me dejes solo de nuevo! ¡No me dejes, por favor, no me dejes!

Andrés introduce a la Interzona el guion que don Santiago escribió. Bueno, luego de que Galindo, de Asuntos Literarios, lo editara y censurara algunas partes. Las palabras comienzan a traducirse en imágenes desordenadas en la máquina. Todavía no hay ningún hilo conductor entre los personajes, los lugares y los diálogos. Es una ficción en estado salvaje. En la habitación principal, don Santiago está siendo conectado. Sus manos tiemblan. Marleny, la enfermera, lo tranquiliza. Andrés, sin necesidad de activar el micrófono, sabe lo que le está diciendo al ver sus gestos a través del fino cristal que los separa. Marleny golpea la jeringa llena de la poderosa Can-L en su máximo nivel de pureza. La fría sustancia rosada de la que están hechos los sueños. Don Santiago siente una inmensa felicidad. Se vuelve a sentir joven, lleno de vida y entusiasmo. Su cuerpo de repente empieza a convulsionar, pero lo han atado muy bien a lo que a partir de ahora será su nuevo hogar... o su nuevo sarcófago, como diría su abuelo.

La familia del escritor Santiago García celebra que su ser querido se unió al equipo Ubbikk. Mediante una conferencia de prensa...

—¿Qué es la realidad?

—Señor duque, la realidad es aquello que no desaparece aunque usted deje de creer en ello, como la piedra de Cayaguanca, por ejemplo.

—Eres muy astuto, Philip. ¿Y la nada? ¿Qué es la nada?

—La nada es la ausencia de narrativas, *señor Anselmo.*

—¿La página en blanco?

Don Anselmo ríe. Sabe que el androide está programado para seducirlo. Para hacerlo desear la droga y la plataforma. Contempla la copa de ajenjo y las cápsulas de Can-L. Ha tomado la decisión. Encontró la botella en un antiguo baúl

Buscando entre sus manuscritos. La potencia del Diablo Verde más las Can-L que había fingido tomarse tendrían que ser suficientes.

—¿Qué pasaría si yo decido atacarte, Philip? ¿Te defenderías?

—Usted ya conoce la respuesta, señor duque.

—Por supuesto, pero no estoy convencido del todo, tengo más bien una teoría diferente.

Don Anselmo toma las cápsulas y vacía la copa de ajenjo. El anciano se levanta con dificultad y siente un repentino mareo. Se aproxima al androide que levanta sus brazos, tratando de impedirle que se acerque. Don Anselmo lo toma del cuello y trata de estrangularlo, invadido de la euforia de la droga. El androide se ilumina y desde su pecho emerge una especie de tentáculo que penetra por el ombligo del anciano. El anciano contempla los ojos del androide y estos se transforman en un par de ojos azules. Philip ya no es Philip, es un viejo barbón que viste una túnica púrpura y escarlata. De la espalda del viejo barbón empiezan a emerger enormes alas. Anselmo lo suelta y ve cómo el viejo barbón se transforma en una imponente ave. La habitación se ha difuminado. De alguna manera, don Anselmo se vuelve uno con el ave y comienzan su ascenso hacia un brillante sol. Contempla las ruinas de la civilización. Con sus poderosos ojos observa a los millones de Videns conectados al *streaming*. Por las calles, miles de androides deambulan por doquier, al igual que muchas cuadrillas de agentes. Entran a los supermercados. Entran a las farmacias. Reciben dotaciones de Can-L y corren hacia casas, donde los Videns los esperan con ansias. En la alta torre de la Corporación Ubbikk observa a los Sapiens conectados en la Interzona. Sudan, tiemblan y sueñan día y noche y alimentan la red donde se encuentran todos atrapados. En su mente de pronto nace una sinapsis. Un destello blanco lo invade todo.

—¿Qué es lo que pretendías, abuelo?

—Morir.

—Bueno, casi lo logras. De hecho, todavía no estás fuera de peligro.

—¿Dónde me encuentro?

—En el hospital de la corporación. Estarás unos días en observación. Philip te trajo aquí. Tuviste una sobredosis.

—Ese hijo de puta me hizo algo, no recuerdo exactamente qué.

Andrés había revisado la grabación de

androide. Solo pudo ver a su abuelo en un estado alterado de consciencia y el momento en el cual se desmayó. El androide mandó la señal de auxilio y un grupo de paramédicos acudió al domicilio. Fue al apartamento tras recibir el informe de lo ocurrido. Su abuelo había combinado un poderoso licor con varias dosis de Can-L.

—Andrés, voy a conectarme a la Interzona, pero tienes que ayudarme con algo.

—Luego platicamos de eso, abuelo, tienes que descansar.

—No. Escucha. Ve a mi domicilio y busca entre mis cosas un manuscrito. Se llama *Adiós, muchachas*. Está junto a la botella de ajenjo. Entrégaselo a Asuntos Literarios. Diles que aceptaré conectarme con la única condición de que respeten el texto. Es casi seguro que no aceptarán y lo editarán, pero encárgate de introducir el original en la máquina de ficción. Ahora acércate más, que debo contarte algo muy importante.

Dos semanas después, don Anselmo estrenaba por todo lo alto su primera serie para Ubbikk. El evento se anunció día y noche. *Adiós, muchachas* se presentaba como una antología de historias de amor. El tráiler de la primera temporada iniciaba con un antiguo bolero de Javier Solís y una vieja transexual narrando la historia de amor de Joaquín y Dolores. La heroína de la historia podía verse en una sesión de fotos y al personaje de Joaquín comprando licor en un centro comercial, imitando a Nicolas Cage en *Leaving Las Vegas*. Luego apareció una patrulla de la Policía Militar secuestrando a una trabajadora sexual y varios titulares de nota roja. El tráiler también mostraba escenas de otro episodio, donde se veía a una guapa chica cambiándose en el asiento de un viejo Kia Rio mientras el conductor la observaba con deseo, esperando la luz verde del semáforo.

—Si algún día deseas llevar nuestra historia al cine, debería aparecer una escena como la que estamos viviendo —decía la chica.

Luego se veían escenas de una revolución. Las tomas de violencia se contrastaban con las de sexo. Aparecían peleas de bar, discusiones, besos y explosiones en edificios del Estado, también se escucharon otro par de boleros enfermos de amor. El tráiler superó todos los récords de audiencia.

Descubrieron los mensajes de don Anselmo cuando el departamento de quejas recibió una lluvia de correos visuales. Miles de Videns se quejaban de la nueva publicidad de la empresa. Al investigar, los agentes descubrieron una serie de *videoclips* invasivos en la interfaz despertadora de Ubbikk en donde se alentaba a los Videns a que se desconectaran de la Interzona. De hecho, descubrieron con asombro que cientos lo habían hecho. La mayoría habían regresado, pero el primer día veintitrés Videns estaban ilocalizables; probablemente habían salido. Los siguientes días no supieron lo que estaba pasando, pero las deserciones se multiplicaban. Se pusieron en acción todos los agentes y los Philips de la corporación para interceptar los *videoclips* con las notas iniciales de *Así habló Zaratustra* acompañados con imágenes sugestivas de un nuevo renacer. La situación se puso crítica cuando se estrenó el episodio "Un jueves cualquiera" que le daba fin a la primera temporada de la serie del momento.

El episodio sorprendió a todos desde el inicio, pues estaba en primera persona. Es decir, los Videns eran el personaje principal, Ramón, pero no solo eso, sentían haberlo encarnado. Todos observaron cuando su novia se inclinó y le susurró un pedido al gatito de Ramón. Todos se fueron de parranda con él. Todos volvieron a saborear la cerveza fría, a disfrutar de la risa de las muchachas y a respirar el aire fresco de la noche. Todos bailaron con las chicas semidesnudas en Gabby's Place y todos estuvieron a punto de desconectarse en el momento de mayor tensión del relato, cuando Ramón se encuentra frente a frente con un inadaptado social. Todos lloraron cuando se dieron cuenta del mensaje de despedida que la exnovia le había susurrado al gatito de Ramón.

Anselmo Mejía recibe una notificación en su celular mientras conduce su bonito y reluciente Kia Rio dorado alejándose de una ciudad llamada San Violencia. Sabe exactamente lo que pasará a continuación. A sus treinta y dos años no desea mayores giros en la trama de su vida. Sabe que es feliz con Laura, quien va sentada en el asiento de copiloto. La pequeña Inés juega con un chinchín en la parte de atrás, bien sujeta a su silla de bebé.

Estimado licenciado Anselmo:

Tiene que parar su campaña de desprestigio en nuestra contra. Si bien el virus desapareció hace algunos años, los Videns todavía no están preparados para

*salir al mundo exterior. Si usted no acata
la presente orden...*

—¿Todo bien, cariño mío? —dice Laura con sus ojos brillantes y llenos de amor.

—Todo bien, muchacha, todo bien.

La puerta final es una carretera diegética. El sonido de los neumáticos sobre el asfalto, el olor a mar que ya se siente cerca. La hermosa tarde que arroja los mejores destellos de luz. El águila que grazna desde lo alto en un vuelo triunfal y sus muchachas, sus queridas y hermosas muchachas. Las contempla una vez más y Laura no puede resistirse a besarlo. Sonríe. Anselmo acelera el automóvil. Atrás queda el paisaje que comienza a difuminarse, atrás queda la nada que empieza a devorarlo todo.

Post scriptum: un corazón para Haruki

Dos semanas después de terminar de recopilar y editar *Adiós, muchachas* tomé a mi gato Haruki entre mis brazos y le pedí que viviera por lo menos 15 años. "15 años dame, Haruki, y luego si quieres puedes irte". Pocos días después enfermó y el pasado 6 de mayo por la mañana (en un "jueves cualquiera") me levanté con la noticia de que no había resistido. Iba a cumplir 5 años en octubre, lo de los 15 años fue algo muy ambicioso de mi parte.

Dos días antes me saludó cuando lo fui a ver, parecía fuerte, el veterinario se asombró de nuestro vínculo. Me conocía, estaba alegre de verme y quería venirse conmigo. Por recomendación del médico lo dejé esa noche con el último suero, al día siguiente por la tarde me dispuse a llevarlo. Mi sorpresa fue que al llegar Haruki no estaba bien.

Lo volvieron a internar porque no soporté verlo sufrir tratando de llegar a su cuenco de agua. Me miraba con ojos tristes y trataba de esconderse de mí. Sabía que no moriría dignamente si lo dejaba allí conmigo y lo llevé de nuevo a emergencias. Toda la noche pasé pidiéndole a deidades en las que no creo por él, a veces con súplicas, a veces con reclamos. "No me lo quiten, no estoy listo. ¿Podrían hacerme el favor de dejarme a mi gato un tiempo más".

Lo he perdido. Me he quedado sin él. Ya no tengo por qué dejar la puerta de mi cuarto abierta, ya no lo veré andar por la casa. No me estará esperando en el sofá cuando venga de la fiesta del mundo. No me despertará a las cinco de la mañana solo porque sí. Me duele no haber podido salvarlo, me duele no haber podido despedirme de él y decirle que me hizo muy feliz.

Toda persona que lo conoció, lo quiso. Se volvió parte de estos cuentos en donde traté de retratarle como lo que fue: mi aliado, mi compañero, mi paño de lágrimas y también el confidente de más de algún amor perdido que lo cuidó cuando tuve que salir de viaje. ¿Cómo se puede llegar a querer tanto a un gato? Es fácil, los gatos son criaturas de momentos. Nos regalan chispazos de gracia, de risas, de elegancia, de cariño. Esto va construyendo poco a poco una película en nuestra mente. Les tomamos fotos sin saber que un día serán lo único que nos quedará de ellos.

A Haruki le encantaban los corazones de pollo, las pechugas y el pescado. Le encantaba subirse en mi panza y meter su cabeza entre mis manos. Comía mariposas y le pegaba a los perros. No era tampoco muy amable con otros gatos. Cuando me deprimía y pasaba días encerrado, él pasaba encerrado conmigo, aunque yo siempre tenía la puerta abierta. Si yo bajaba a la sala, pues él también se animaba a saludar a la familia. Si yo volvía a mi cuarto, a él le encantaba correr y subir primero las gradas, como señal de que era más rápido. Siempre fuiste el más rápido, Haruki.

Los primeros días sin él sentí a mi corazón como un corazón de pollo tirado en el cuenco en donde jamás lo veré comer de nuevo. Es curioso cómo funcionan las ficciones, cómo funcionan las despedidas, cómo funciona la realidad. Creí que con estos cuentos purgaba todos esos adioses del pasado, reales o imaginarios, sin saber que me faltaba decirle adiós a mi muchacho. Adiós, muchachas, adiós, Haruki.

Hay muchas fotografías de escritores célebres con gatos, pero me gusta una de Philip K. Dick donde carga a uno bicolor, parecido al mío. Aferrándome al misticismo que rodea a la figura del autor y a los gatos en general, puedo decirle a Haruki que cumplió su misión de acompañarme en este camino de vida y de creación, y que espero encontrarme con él en alguna otra ficción, en alguna otra realidad.

Ocotepeque, 29 de mayo de 2021

ÍNDICE

Made in United States
Orlando, FL
23 November 2021

10666876R00086